# O ANONIMATO DOS AFETOS ESCONDIDOS

# JEAN WYLLYS

# O ANONIMATO DOS AFETOS ESCONDIDOS

TUSQUETS
EDITORES

PREPARAÇÃO: Fernanda Guerriero Antunes
REVISÃO: Elisa Martins e Maitê Zickuhr
PROJETO GRÁFICO: Nine Editorial
DIAGRAMAÇÃO: Nine Editorial
CAPA: Renata Spolidoro
IMAGENS DE CAPA: St Sebastian (oil on canvas), Luisa Ricciarini / Bridgeman Images; Macrovector/ Freepik

DADOS INTERNACIONAIS DE CATALOGAÇÃO NA PUBLICAÇÃO (CIP)
ANGÉLICA ILACQUA CRB-8/7057

Wyllys, Jean
O anonimato dos afetos escondidos / Jean Wyllys. - São Paulo: Planeta do Brasil, 2025.
192 p.

ISBN 978-85-422-2995-0

1. Literatura brasileira I. Título

25-2446 CDD B869

Índice para catálogo sistemático:
1. Literatura brasileira

MISTO
Papel | Apoiando o manejo florestal responsável
FSC® C112738
FSC www.fsc.org

Ao escolher este livro, você está apoiando o manejo responsável das florestas do mundo

2025
Todos os direitos desta edição reservados à
EDITORA PLANETA DO BRASIL LTDA.
Rua Bela Cintra, 986, 4º andar – Consolação
São Paulo – SP – CEP 01415-002
www.planetadelivros.com.br
faleconosco@editoraplaneta.com.br

Eu faço versos como quem chora
De desalento... de desencanto...
Fecha o meu livro, se por agora
Não tens motivo nenhum de pranto.

Meu verso é sangue. Volúpia ardente...
Tristeza esparsa... remorso vão...
Dói-me nas veias. Amargo e quente,
Cai, gota a gota, do coração.

E nestes versos de angústia rouca
Assim dos lábios a vida corre,
Deixando um acre sabor na boca.
– Eu faço versos como quem morre.

– "Desencanto", Manuel Bandeira

# Sumário

# O fundo do **coração**

(Primeiro depoimento)

Eu nunca amei meu marido. Na verdade, jamais amei alguém na vida. Mas não estou me referindo ao amor que os filhos sentem pelos pais e vice-versa, que corre em sentido oposto ao do sexo, apesar dos incestos. Refiro-me ao amor que existe entre os amantes, aquele que é sexo e amizade. Em momento algum fui amiga dos meus parceiros, muito menos do meu marido, com quem eu só trepei durante os três primeiros anos. Sabe, doutor, o casamento, ao fim de três anos, transforma-se em um fardo difícil de carregar, sobretudo entre as pessoas da minha classe. O senhor já imaginou o que é dormir todos os dias com um homem gordo que sua durante a noite e arrota uísque? Não há relacionamento que sobreviva à obesidade, em todos os sentidos da palavra, se é que o senhor me entende. Como se não bastasse essa gordura nojenta que envolvia nossas vidas, meu marido achava que tudo na vida tinha um preço. Costumava corromper os que estavam à sua volta, principalmente os mais pobres, que, por causa da desvantagem, desciam em seus valores morais. O senhor sabe, todo mundo quer ser feliz, não importa como. Eu posso até entender as razões de quem se deixa corromper, mas nunca as de quem corrompe. Minha formação, doutor, é outra. Qualquer casamento, com o tempo, vira uma engrenagem coberta de ferrugem.

Bom, entrando no assunto que lhe interessa, meu marido, por ter e gostar tanto de dinheiro, era uma pessoa autoritária, considerava-se onipotente. Por causa dessa postura, ele queria saber todos os meus segredos. Ora, doutor, ninguém nesta vida pode viver sem segredos. Existem dimensões, verdades, momentos na vida do ser humano que só a ele pertencem. Pensando assim, recusei-me a mostrar a caixa para ele, que a tomou à força. O que a caixa continha? Retratos de latrocidas, estupradores, psicopatas, ou seja, criminosos de todos os tipos. O que eu fazia com esse material? Estimulava-me sexualmente. Se o senhor não sabe, existem mulheres que, embora considerem o estupro um crime hediondo, têm fantasias sexuais com estupradores.

Mas, voltando ao assunto: depois que fui humilhada, decidi me vingar. Vi, nas páginas policiais, um rapaz preso sob acusação de estupro seguido de morte. Coloquei um advogado em sua defesa que conseguiu tirá-lo da cadeia. Em seguida, realizei minhas fantasias dormindo com ele em seu casebre. Por fim, pedi a ele que matasse meu marido. O resto da história o senhor conhece. Se eu não sinto remorso? Do fundo do coração, não.

# O fundo do **coração**

(Segundo depoimento)

Eu tava lá na cela, atrás das grade, quando os homem vieram me soltar, dizendo que uma dona pagou um advogado pra me defender. Eu não conhecia ela, não. O advogado só me disse pra eu não aprontar porque eu tava solto por causa de um... um... Como? Isso: um *habeas corpus*. Fui pra minha casa. Não a que eu morava com minha mulher, mas a que eu vivia sozinho, um barraco lá nas brechada do Planeta dos Macacos. Aí, um dia, apareceu aquela dona lá, toda arrumada. Eu não sabia quem era, e até estranhei os ladrão da área não ter passado a mão nela. Aí ela entrou e disse que era a mulher que me tirou da cadeia. Falou que tinha me visto em Valera... Como? Varela? Pois é, que tinha me visto em Varela, e que eu era bonito. Aí, doutor, ela abriu uma caixa que ela tava na mão e me mostrou um bocado de retrato de ladrão, gente até que eu conhecia, e pediu que imitasse a pose dos retrato. Eu achei aquela dona maluca me pedindo aquilo, mas ela tava me mostrando o sutiã e soltando o cabelo. O senhor sabe, o senhor é homem. O senhor sabe, homem não pode ver mulher, ainda mais bonita e safada como ela era. Aí, eu comecei a fazer as pose enquanto ela tirava a roupa. Eu não aguentei muito porque nenhum homem é de ferro. Agarrei ela, joguei no chão e fui pra cima dela. O senhor pensa que ela reclamou? Não, pedia pra eu bater na cara, e eu bati. E ela pedia mais. E eu bati até ela sangrar. Depois, ela me deu dinheiro e pediu que matasse o marido dela. Disse que o homem não prestava, que xingava ela. Eu fiquei com pena da desgraçada e resolvi matar o cara. Mas não foi pelo dinheiro, não, foi por ela. Ela me deixou louco. Aí eu comprei uma arma na mão de um cumpade e fui no lugar onde ele trabalhava dizendo que tava procurando emprego. Ela me ensinou tudo. Aí eu entrei, pedi pra falar com ele, e a secretária disse que ele tava ocupado. Botei a arma na cara dela e mandei chamar o cara. Quando ele veio, mandei ele amarrar a secretária com as tomadas e descer comigo. Depois, eu mandei ele pegar o carro e dirigir até o CIA, o aeroporto, que eu tinha uma coisa pra mostrar. Chegando lá, desci do carro e ele ficou sentado. Cheguei em frente do carro e dei dois tiros no para-brisa, na direção dele. Por que eu atirei no vidro?

Vi isso num filme e achei bonito matar um cara assim. Voltei a pé pra casa e depois de dois dias fiquei esperando a dona. Ela não apareceu. Comecei a ficar louco, eu queria aquela mulher de novo. Os dia foi passando e ela não vinha, e o ódio aumentando. Deixei até de procurar minha mulher. Aí eu pensei: *Ou eu encontro ela pra matar, ou eu entrego essa vaca pra polícia.* Como eu não achei, resolvi contar tudo pro senhor. E vou dizer uma coisa, do fundo do coração: se eu encontrar aquela mulher de novo, eu mato.

# O fundo do **coração**

(A verdade dos fatos)

"O que o senhor quer desta vez?", perguntou, um pouco nervosa. "A senhora está livre", respondeu o delegado. "Como assim?", espantou-se. "A senhora quer mesmo saber?" "Claro!", respondeu convicta. "Sente-se, por favor", pediu o delegado. A mulher sentou-se lentamente. "A senhora disse que havia mandado matar seu marido porque ele a maltratava e era um porco sujo, não foi?" Ela assentiu com a cabeça. "Pois é, o seboso está vivo e, nessa altura do campeonato, rindo da senhora." "Como assim? Que tipo de brincadeira é essa?" "Brincadeira nenhuma, senhora. Como a polícia não encontrou o corpo, resolvemos dar uma prensa no elemento que a senhora contratou para apagar seu marido. Apaixonado pela senhora, com pena de seu sofrimento, o cara abriu o bico. Disse que recebeu uma grana preta do seu marido para forjar o assassinato. Ele, de fato, foi até o escritório, para que a secretária o visse e a presepada ficasse mais verdadeira. Pegou seu marido e foi até o CIA. Lá, já havia alguém esperando por ele em outro carro. Antes de ir embora, seu marido cortou o braço e pingou sangue sobre o banco. Depois, o vagabundo deu um tiro no para-brisa, como ele contou." "Não é possível. Meu marido não conhecia esse cara", falou desesperada. "O problema é que a senhora acha que seu marido é um otário, e ele não é. O delinquente contou que foi o advogado que o apresentou ao seu marido." "O advogado?", perguntou espantada. "Em sua casa, o telefone tem extensão?" "Sim." "Então é provável que seu marido tenha ouvido alguma conversa entre a senhora e o advogado e decidiu comprá-lo por um preço bem mais alto. Ele, por sua vez, deve ter aceitado, porque, a senhora sabe, todo mundo tem um preço. Nossa hipótese é reforçada pelo fato de que o cara sumiu e levou a família junto. Outra coisa, a mãe e a mulher do delinquente compraram uma casa nova. Agora, eu lhe pergunto: com que dinheiro?" A mulher começou a chorar. "Escute, minha senhora, a raiz de todo crime é o dinheiro. Por dinheiro, nós somos capazes de tudo, agimos como cães, que são fiéis aos humanos, e não aos seus semelhantes. Vá embora, a senhora está livre. Vá pra casa descansar", concluiu o delegado. Em seguida, ordenou aos dois agentes que acompanhassem a mulher. Quando se viu sozinho, pegou o telefone e discou um número. "Alô, sou eu. Ela acabou de sair. Amanhã eu pego o resto da grana no lugar combinado. Se falhar, eu fodo com você", e desligou. Olhou pela janela e leu a frase pichada no muro em frente: "O fundo do coração é um depósito de lixo".

# Preciso de trilha para **viver**

Sou das canções. Sempre que acontece algo importante comigo, ouço uma música entrar para embalar a cena. Como no cinema. Será que foram os filmes, principalmente os de Hollywood, que reeducaram nosso modo de ver a vida? Ou eles são o resultado da forma como as pessoas percebem o mundo? Não sei. A verdade é que estou sempre sob um fundo musical, mesmo que nenhum aparelho de som esteja ligado. Minha vida tem uma trilha sonora que vai se compondo à medida que vai se dirigindo ao encontro da morte. Quando conheci a Cidade Baixa, por exemplo, ouvi a voz de Gal Costa, vinda não sei de onde, cantando "Na baixa do sapateiro", de Ary Barroso.

O Centro Histórico de Salvador, com seus negros, estrangeiros, ambulantes, compradores, ladrões e putas, parece embalado pelos tambores do Olodum, pelo samba-reggae. Se piso os pés na avenida Antônio Carlos Magalhães e vejo prédios com fachadas de vidro e viadutos sobrevoando os carros em velocidade, ouço Adriana Calcanhotto cantar "O nome da cidade", de Caetano Veloso. Quando a cidade está em Carnaval, apesar do axé music, sou acompanhado, ao longo da avenida, pela voz de Moraes Moreira cantando: "Eu sou o Carnaval em cada esquina do seu coração/ Eu sou o pierrô e a colombina de Ubarana-Amaralina/ Que alucina a multidão". Quando estou especificamente na praça Castro Alves, ouço Daniela Mercury cantar "Pombo-correio", do mesmo Moraes Moreira. Em domingos comuns, ao passar pela Boca do Rio, em direção à Praia dos Artistas, meus ouvidos são invadidos pela voz possante de Margareth Menezes cantando "Domingo no parque", de Gilberto Gil. Em todas as minhas ações ouço uma voz. Nos dias em que estou apenas alegre, abro a janela para a Baía de Todos-os-Santos ao som de "Os mais doces bárbaros", de Caetano, cantada por Carlinhos Brown. A trilha, entretanto, parece acentuar-se nos momentos solitários de minha vida, como quando estou sofrendo e amando. Amar é sofrer; já não duvido mais. Lembra aquelas cenas do cinema em que não há diálogo e o protagonista sofre ao som de uma canção de amor (quase sempre escorregando na parede ou quebrando um espelho)? É mais ou menos assim que acontece comigo.

Em dias tristes, quase chuvosos, eu, invadido pela saudade de meus pais e irmãos, ouço Gal Costa cantar: "Palavras, calas, nada fiz/ Estou tão infeliz".

Quando alguém se reflete em meus olhos, como luzes de faróis, meus ouvidos ganham a melodia de "Âmbar", na voz de Maria Bethânia. E se sou abandonado, faltando um pedaço, ouço Angela Ro Ro cantar "Só nos resta viver"; Roberto Carlos cantar "Detalhes"; e Chico Buarque, "Olhos nos olhos". Eles me ensinam que o amor não tem fim. Nasce e morre enquanto vivemos, toma emprestado da natureza a eternidade, como diz Pablo Neruda. Poderia citar mais exemplos, mas são tantas as músicas, e eu, tão pouco. Só queria dizer que, quando o filme de minha vida acabar, as canções farão parte de novas trilhas, que vão embalar a vida de pessoas que, como eu, não sabem viver sem música.

# Só nos **resta** viver

*Para ler ao som de Angela Ro Ro.*

Quando estiveres lendo esta carta, já terei cruzado a fronteira da vida com o infinito, mas, por favor, vá até o ponto-final. "Oh, poeta amado idolatrado, há quantos não lhe vejo?" Sua imagem já desbotou em minha memória. Não existe esforço que lhe devolva as cores de antes. Aliás, ela parece cada vez mais ocupar os quartos do fundo das minhas lembranças. Tento alcançá-la, mas não consigo...

Gostaria muito de saber o que você fez durante esse tempo de ausências. O que eu fiz? Ah, andei muito, muito mesmo, para ver se a mágoa escorria. Mas quero dizer que a fonte da minha mágoa, além de infinita, aumentava em volume com o que eu via. Você quer saber o que eu via, enquanto você passeava no trem da Estação da Luz? Mendigos, praças, crianças mortas e o céu sem estrelas. Outro dia, encontrei alguns dos seus poemas e chorei muito. Você diz, em um deles, que o amor é para maduros. Você acha que eu sou verde?

Para mim, apodreci. Você escreve, em outro, que quem ama explode, e convenço-me de que nunca amei, pois o que eu mais fiz foi implodir. Lembra quando me disse para eu não esperar muito das pessoas? Pois é, como sempre, você estava coberto de razão: eu estou só, e a solidão é vil e corrupta.

Responda-me: "Por que o poeta não morre? Por que o coração engorda com o tempo?".* Você encontrou com Arthur? Nós éramos a Santíssima Trindade, sendo que você era o Espírito Santo e ele, o meu Pai. Arthur ensinou-me coisas lindas, que eu não deixei na mala de roupas. Para ele, ofereço uma taça do meu sangue, porque a gota final é sua.

Com a carta na mão esquerda, ele cobriu o corpo que jazia sobre cacos de vidro, gelo derretido e a capa do disco de Angela Ro Ro. Fechou as janelas, de onde vinha uma luz opaca, e desligou o aparelho de som. Depois, ele acendeu um cigarro e se deitou. Seus olhos ganharam, então, uma expressão úmida e dolorida.

---

* Patrícia Galvão. Extraídos do filme *Eternamente Pagu*.

# Todos **nós** a esmo

*Para ler ao som de Adriana Calcanhotto.*

É tão pesado carregar o sol de todo dia e as noites que lhe sucedem. Pesa tanto comportar o amor e depois ter de substituí-lo pelo ódio e pela indiferença. Estou tão cansado que as horas parecem pedras difíceis de carregar. Cansado por não estar triste nem feliz, por ter me esvaziado. Um vazio tão profundo que o fato de estar escrevendo esta carta não é mais que o esforço de me preencher. Está ficando insuportável essa busca, já não a aguento mais. Varar madrugadas à procura de alguém se tornou extenuante. Ou você não acha? Concordo: talvez o desgaste não esteja em atravessar as noites de fins de semana em busca de companhia ao som de dance music. O enfadonho talvez esteja em roçar meu corpo e minha boca em alguém sem história, sem vida anterior e posterior. O entediante deve estar no subir e descer escadas fingindo não estar à procura quando todos sabemos que todos estamos à procura. O cansativo está na encenação, nos telefones, endereços e nomes falsos e nas mentiras. Sabe, juro que um dia farei um grande poema com todas as falsidades que já ouvi. Olha, eu afirmava, até pouco tempo, que todas as pessoas que comigo se deitaram me desejaram. Já não tenho tanta certeza. Sabe por quê? Porque diante da solidão todos ficamos desesperados, perdemos os critérios e nos agarramos ao que vemos pela frente. E nos enganamos e aos outros.

A solidão nos faz cometer loucuras. Você não acredita? Então passe a reparar nas festas após as três da manhã, quando todas as esperanças se desfizeram, quando o objeto de nosso desejo virou objeto nas mãos de outro (ou outros, há casos) e quando percebemos que ainda não experimentamos a língua alheia e que vamos voltar para casa secos. Observe como, nessa hora, atiramos para todos os lados, num esforço de evitar que acabemos mais um dia sós. Precisamos admitir urgentemente que não sabemos amar, que desconhecemos o afeto e que o amor é para maduros. Se algum de nós porventura experimentou o amor, afogou-o em inseguranças por nunca o ter visto. Os outros vamos morrer sem conhecê-lo porque nos recusamos a vê-lo de frente. Só sabemos trepar e pronto. Cansei de procurar o amor, já que sou incapaz de percebê-lo. Quero a calma das águas da baía para nelas atracar o meu barco. Chega de viver à deriva (ou de caminhar a esmo, caso você enjoe no mar). Eu quero parar. Quero calmante, refrigerantes e lugar nenhum. Nunca desejei tanto uma rotina quanto agora. Quero essa sucessão insípida: trabalho–casa–trabalho. Prefiro o azul da televisão e o bege dos dias de domingo. Quero tudo isso mais as noites neutras da semana para eu não ter que lembrar que não devia procurar e ainda procuro...

# Fragmento de **saudade** explícita

*Para ler ao som de "Melodia sentimental", com Ney Matogrosso.*

Caríssima,

Não deixo de pensar em você um só instante. Desde que nos desvencilhamos, não tenho feito outra coisa. Hoje eu sei que não consegui galgar os castelos que você ergueu para si. Mas tenho a lhe dizer que a vida não é um conto de fadas, sobretudo a vida amorosa. Um dia você também será riscada de alguma história de amor fantástica. Pode esperar. Não se preocupe, não estou ressentido. Sei que temos nossos momentos de desequilíbrio. Um exercício legal para tentar encurtar esses momentos e se colocar no lugar de quem está sendo humilhado, oprimido pelo nosso egoísmo: pense em quantas vezes você foi humilhada por pessoas que se julgavam superiores a você, mas que, na verdade, eram uma merda. Se você pensou, então está se sentindo exatamente como eu desde que você partiu. Você já se perguntou aonde levam a amargura, o desamor e a intolerância? Quebre uns copos, rasgue umas roupas, grite, mas nunca maltrate outro ser humano. Tenho vivido momentos de profunda melancolia. É difícil responder com alegria a esse reino de desamor. Ou talvez não seja desamor, não é mesmo? Ao me abandonar, talvez você só estivesse dizendo que eu não cabia em seu coração. Mas você, em algum momento, deixou que eu invadisse o interior desse órgão precioso? Embora sua ausência doa em mim, concluo que tenho saudade de algo que nunca foi meu. Tenho uma espécie de memória da chuva – triste e boa – dos tempos em que estávamos juntos. Aquele calafrio a percorrer a espinha, a pontada no peito, a luminosidade, aquela felicidade arrebatadora que experimentamos quando estamos ao lado do ser amado que nem sequer chegou a ser real – tudo isso deu lugar a uma saudade explícita, tão obscena, que nem mesmo um sexo anônimo aqui, um trago de cigarro ali, uma dose de vodca lá e uma depressão acolá conseguem apagar. Olha, se ouço Ney Matogrosso cantando "Melodia sentimental" (lembra como você gostava dele?), então, o coração parece doer ainda mais. O melhor de sentir dor de viver é saber que a vida está doendo em mim, viva. E isso quer dizer que estou vivo. E, enquanto houver vida, haverá sempre um sol a nascer depois de uma noite, ainda que esta seja longa. Sei que atravessarei essa escuridão. Beijos da pessoa que mais te ama nesta vida, amou nas passadas e, com certeza, amará nas futuras. O meu amor sobreviverá a todas as mortes.

# Amor sem palavras, cinema **mudo**

*Para ler ao som de "Chorando no campo", com Lobão.*

*Querida Clarice,*

*Pensei bastante antes de lhe escrever esta carta. Sei que ficará chocada, mas eu precisava aliviar sua consciência. A causa de nossa separação sou eu, e meu desejo. Não sei como entrar no assunto, mas é melhor ser direto: tenho lhe traído todas as tardes, em sessões de cinema pornô. Sempre digo "não vou", mas, quando dou por mim, estou diante do cine. O desejo sempre vence a razão. Em pouco tempo estou mergulhado naquela escuridão, em meio àqueles gatos pardos – sombras que sobem e descem, trocam frequentemente de poltronas e se encostam nas paredes. Enquanto estamos presos na cadeia de volúpia, com fome de corpos, lançamo-nos uns sobre os outros sem quaisquer critérios ou palavras. Trata-se de um assédio mudo, baseado apenas nos gestos e olhares. A nós, importam apenas o toque, a boca, o sexo.*

*Circulamos como baratas e ratos no escuro, à procura de comida, em meio à imundice e ao mofo. Ratos e baratas que, à menor réstia de luz, recolhem-se ao seu buraco. Gostaria muito de escrever sem metáforas, mas as palavras nuas, mais próximas da realidade, assustam-me. Ou melhor, tenho medo daquilo que fui e sou capaz de fazer; abomino minha baixeza. E aí, depois de convertermos nossos corpos em um pântano de suor, saliva, sêmen alheio, depois de nos rebentarmos em orgasmo, sentimos nojo de nós mesmos e dos outros. A alma fica vazia, como se ela fosse uma mulher logo após um parto, sendo que o fruto dessa parturição não é uma criança, mas uma energia que queima e é inesgotável. Denotados pelo desejo, castigados pelo remorso, saímos, olhando para os lados, direto para o chuveiro, na esperança de lavarmos até o espírito. Mas, embora considere que nos sujamos nessas relações, reconheço que estamos todos em busca de amor. Um amor sem palavras, que venha preencher esse eterno espaço em branco dos nossos corações, essa lacuna prestes a ser ocupada. Ainda que, por caminhos tortos, queiramos ser felizes. É só isso, ou seja, é tudo isso. Passo aí apenas para pegar minhas malas. Não peço que me perdoe, mas que me entenda. Obrigado, Lúcio.*

Atônita, Clarice não sabia em que se apoiar. Molhava o papel em lágrimas. O dia parecia ter piedade dela. Andou de um lado para o outro, sem rumo certo. Gritou, contorceu-se. E chorou e chorou e chorou. Não era possível! Em que ponto fracassara? Que ódio! Calou-se de repente, subiu as escadas e vasculhou a mesinha de cabeceira. A pistola estava lá. Colocou-a na bolsa e seguiu para a garagem. Seus olhos pareciam minadouros a borbulhar lágrimas de rancor. Desceu a avenida Contorno em direção ao Comércio. O mar da Baía de Todos-os-Santos era uma gota comparado ao pranto seu. Parou o carro do outro lado da rua, exatamente em frente ao banco onde Lúcio trabalhava. Cinco minutos depois, ele saiu acompanhado de colegas. De dentro do carro, Clarice apontou a pistola em sua direção. A mão, trêmula. Observou o marido por alguns segundos, seu cansaço e sorriso displicente. E voltou a arma contra si.

# **Lua** vermelha

*Para ler ao som de Maria Bethânia.*

O Convento de Santa Teresa, os prédios do Comércio, a praça Castro Alves e a rua Chile jaziam ao som das águas da baía. A lua cheia, suspensa à altura do forte, ofuscava as luzes dos navios. Àquela hora da madrugada, ouvia-se apenas o som dos cães arrastando os sacos na calçada. O silêncio tomara conta da rua do Edifício Pequim, onde, debruçada sobre a janela, Lua (Lucineide era seu nome de batismo) olhava a paisagem.

Coberta por um vestido cor de leite, que contrastava com sua pele negra, e com uma passadeira na cabeça prendendo os cabelos espichados, ela parecia vestida para um dia especial.

Embora sua vida fosse vazia de dias especiais e quase sem amor. Até aquele dia, Lua só havia conhecido trabalho, privação, humilhação e tirania. Dormia no quarto pequeno e úmido da área de serviço e trabalhava nas ocupações domésticas das seis da manhã até as onze da noite. Ouvia, todos os dias, a patroa dizer que as empregadas, apesar de tratadas como filhas, não valiam nada, eram preguiçosas, ladras e só sabiam namorar. Há doze anos morando em Salvador, Lua nunca tinha beijado. Os homens – até mesmo o porteiro do prédio, nem de longe a mais atrativa das pessoas – não olhavam para ela. Viera de Queimadas, uma terra seca lá para as bandas de Monte Santo, meio vendida pela mãe. Do lugar, ela guardava a lembrança apenas das estrelas da noite e da música de Luiz Gonzaga no rádio de pilha vermelho. Em Queimadas, ela aprendera que à tarde o sol vai para o Japão. E a lua, viria de lá?

Deixara de frequentar a escola porque parecia invisível, ainda que não tivesse consciência de que fora por esse motivo. Não queria voltar para Queimadas, mas também não queria ficar em Salvador. Lua não sabia aonde ir. Sentada, agora, sobre o parapeito da janela, ela observava a lua e tentava enxergar o dragão de São Jorge na bola branca. Uma tristeza amarga pesou sobre seu peito. Sentiu vontade de pegar a lua. Lua, lua, lua, eu sempre te quis.

O vento da noite soprava o vestido branco que caía em disparada. As mãos e os pés a se debaterem no ar, e o estrondo a rasgar o silêncio da madrugada e despertar o sono do dragão. Do décimo andar do edifício, onde seus patrões dormiam como eleitos, o vestido de Lua parecia uma flor branca desabrochada, contornada por folhas vermelhas que escorriam pela calçada, a refletir a lua menstruada.

# Os **sonhos** morrem primeiro

*Para ler ao som de Elton John.*

Casal executado na Via Parafuso. As vítimas tiveram as mãos amarradas antes de serem assassinadas. O corpo de uma garota aparentando quinze anos de idade e o de um rapaz um pouco mais velho foram encontrados na Via Parafuso, que liga o CIA a Camaçari. Ambos estavam com as mãos amarradas para trás, o que sugere que foram executados por um grupo de extermínio. A garota apresentava uma perfuração de bala na testa e o rapaz, várias no peito.

O delegado de plantão disse que nada podia revelar sobre o duplo homicídio. Dona Maria segurava o jornal com lágrimas nos olhos. Parecia irreal o corpo da filha ali, naquele matagal, banhado em sangue. Desejou gritar alto e depois morrer também. Quantas vezes dissera para a filha que aquele sujeito não prestava? Quantas vezes avisara que alguém que não estudava, não trabalhava, tinha tatuagem e vivia de olhos vermelhos não podia ser gente de bem?

Diana conheceu Marcos no ginásio. Depois de alguns olhares e cantadas, começaram a namorar. Ele já era um péssimo aluno, mas ela foi se tornando à medida que o relacionamento se aprofundava. Ao fim de três meses de namoro, Diana nem mais entrava na sala de aula. Perdeu sua virgindade na segunda semana de relacionamento. Marcos a levou para o banheiro masculino e lá transou com ela em cima do vaso sanitário. Com seis meses, Diana contraiu sífilis do namorado, que a acusou do contrário. Marcos espancou a namorada na frente das colegas, mas, dias depois, confessou-se arrependido e deu-lhe uma fita cassete de presente, com a música "Skyline Pigeon", de Elton John. Beijaram-se e decidiram procurar um posto médico. No consultório da ginecologista, Diana descobriu que estava grávida. Marcos não gostou da notícia e agrediu a namorada mais uma vez. Diana abortou e chorou durante três dias. Nessa época, já havia saído da casa dos pais, que, desde o início, foram contra o namoro. Moravam em uma casa sem reboco, em Cajazeiras, emprestada de um amigo de Marcos.

Marcos não trabalhava, mas não deixava faltar comida. Saía de casa às dez da manhã e só voltava às onze da noite, religiosamente. De vez em quando, trazia algum presente para Diana, uma correntinha, um brinco, um perfume. Nesses dias, faziam amor a madrugada inteira ao som de Elton John. "Música decente", ele dizia. "Você me ama?", ela perguntava. E os dias prosseguiam. Numa noite de inverno, o casebre foi invadido por três homens. Marcos tentou pegar a arma escondida debaixo da cama, mas não teve tempo. Eles foram amarrados, jogados no porta-malas de um Vectra e conduzidos à Via Parafuso. Na escuridão, Marcos disse a Diana que a amava e que tudo ia acabar bem, que os homens só queriam ele. O casal foi retirado do carro e posto no meio de um matagal. Marcos pediu que soltassem Diana, mas, ao fim de seu apelo, recebeu seis tiros no peito. Calada, lágrimas nos olhos, Diana apenas perguntou: "Vocês vão me matar?". Ouviu-se um estampido e seu corpo deitou-se no chão.

# Nada será como **antes**

Em uma tarde morna, sob um céu rosado, eles se despediram no aeroporto que ainda se chamava Dois de Julho. Abraçaram-se demoradamente. Não disseram uma só palavra. Apenas as lágrimas davam conta do quanto um sentiria falta do outro. Os pais de João, aquele que partiria em breve, assistiram à despedida com bastante paciência. Em seguida, chamaram o garoto, pois o voo havia sido anunciado. André, aquele que permaneceria em Salvador, deixou que o avião se espelhasse em seu olhar até sumir. Sentiu algo se apagar dentro dele. Toda despedida é um princípio de escuridão.

João e André se conheceram ainda no primário, mas só se tornaram amigos no ginásio. Os anos seguintes só serviram para aproximá-los ainda mais. Trocavam revistas em quadrinhos, fotografias, filmes e discos de pop rock. Sentavam-se próximos na sala de aula, permaneciam juntos durante os intervalos e, quando chegavam em casa, penduravam-se horas no telefone, conversando entre si. Nos fins de semana, trancavam-se no quarto de um ou de outro para ouvir Legião Urbana e só saíam com as respectivas namoradas se o casal amigo pudesse acompanhá-los. Aliás, as namoradas foram um problema em suas vidas. Enciumadas, elas não entendiam como dois homens podiam ser tão amigos e chegavam a insinuar que os dois eram viados. Quando isso acontecia – fosse com André ou com João –, o namoro acabava imediatamente. Eles não amavam as mulheres com as quais se relacionavam e, mesmo que amassem, acreditavam que a amizade era superior ao amor. Na verdade, João e André se amavam, pois a amizade nada mais é do que um amor despido de sexualidade, mais espiritual, portanto mais profundo.

Assim seguiram até o dia em que o pai de João conseguiu um emprego em uma corretora de imóveis em Miami, nos Estados Unidos. André tentou de todas as formas que João ficasse em Salvador. Chegou a oferecer sua casa para o amigo morar, mas o pai de João acreditava que o futuro profissional do filho estava no primeiro mundo. Resignados com a separação, prometeram que se falariam até o dia em que se encontrassem novamente. João garantiu que, assim que chegasse em Miami, ligaria para passar o novo telefone e escreveria também.

Nos primeiros dias após a viagem, André não se afastou do telefone, esperando a ligação do amigo, que não veio. Atendeu ansioso todas as chamadas telefônicas, mas em nenhuma delas João estava do outro lado da linha. Para preservar um mínimo de claridade na face, André resolveu acreditar que o amigo estava impossibilitado de ligar e que escreveria em breve. O carteiro, entretanto, só deixava na caixa postal extratos bancários. Passaram-se dois anos e André não recebeu nenhuma carta, nem uma ligação sequer do amigo. Na ocasião, passava os dias bêbado ao lado do telefone. Seus pais já não sabiam o que fazer para devolver o ânimo ao filho. Largado em um canto da sala, numa noite fria, André ouviu no rádio uma canção que dizia: "Eu já estou com o pé nessa estrada/ Qualquer dia a gente se vê/ Sei que nada será como antes amanhã".

Sorriu discretamente, guardando, na boca de sua noite, um gosto de sol.

# Por onde **andou** meu coração?

Sonhei contigo esta noite. Você dizia "eu te amo", de uma maneira doce e quente que em nada lembrava a crueldade e a frieza que tomaram conta de ti no dia anterior. Pensei que só mesmo em sonho podemos encontrar um amor de verdade. Ou melhor, só mesmo em sonho podemos compartilhar um amor de verdade com outra pessoa. A vida real é esse eterno desencontro e as lágrimas dele decorrentes. Sim, porque, antes do sonho romântico que tive, chorei lágrimas de tragédia. Lágrimas que só serviram para irrigar o pé de mágoa, cujo alimento é o sal da vida. Suas desculpas não vão sair na urina, como as declarações de amor falsas que me fizeste. Você disse que não nasceu para se prender a alguém porque é uma puta errante (palavras suas), que gosta do novo. Eu só quero lhe dizer que, dessa forma, sua vida não passa de equação medíocre. X + Y = Z.

Mudam-se os conteúdos, mas as variáveis são sempre as mesmas. Você pode até variar os homens que leva para sua cama, mas não vai mudar o fato de que está levando homens para cama e que, com todos eles, vai agir da mesma forma: uma trepada lancinante e depois aquela repulsa, aquele desejo de vê-los longe o mais rápido possível, de esquecê-los e a tudo que lhes disse enquanto trepavam. Que novidade pode haver nisso? Sua vida é mais igual do que lhe parece. Seus planetas descrevem sempre as mesmas órbitas. Nova é a situação que nos desnorteia, que nos causa até certo horror, que hesitamos em viver, mas que só vivemos quando há amor em jogo. Eu era uma novidade em sua vida, mas você não me amava o suficiente para se entregar a essa coisa nova que era o meu amor. Mas não venha me dizer que não nasceu para se entregar a alguém, pois, mesmo o mais radical amante das ruas anônimas quer o calor de um quarto em uma noite de inverno. Não há ser humano nesta metade do mundo que não sonhe com um grande amor em uma tarde de primavera. Podemos dizer, então, que, em seu universo, eu não fui um segundo sol, capaz de realinhar as órbitas de seus planetas. Mas espero, sinceramente, que algum venha a brilhar um dia, para que você não morra congelado em sua mesmice. Agora que estamos separados, vivo a me perguntar por onde andou meu coração. Você sabe?

# **Diga lá**, meu coração

Não pense que eu lhe dei meu coração. Ao contrário do que sonha o amado, o que ama apenas empresta seu coração, jamais o dá em definitivo. E o faz não para satisfazer ao outro, mas a si mesmo. Como se trata de um empréstimo, agora eu o quero de volta, para dá-lo a um outro alguém, que não o ponha entre bugigangas, como diz aquela canção de Rita Lee, que embalou nossas noites de muito papo e pouco sexo, muito pouco sexo. Mas, ao mesmo tempo, um outro alguém que tenha aquela mesma luz que me levou até você. Pois, se é certo que só somos felizes na vida quando amamos muitas vezes, não é menos verdade que, em todas essas vezes, sempre amamos a mesma coisa em pessoas diferentes.

Na verdade, os nossos amores são sempre os mesmos. Você é, de alguma forma, a pessoa que eu amava antes de você, e assim retroativamente até chegar ao amor puro, aquele sem sujeito nem predicado.

Sendo assim, devolva meu coração e o amor que carrego dentro dele. Quero espaná-lo, limpar o pó que vinha desbotando seu vermelho e entregá-lo a alguém que admire sua cor. É isso mesmo! Meu amor agora não tem mais seu rosto, graças a Deus. Estou livre das noites insones, das declarações de amor não correspondidas e do chão frio. Sim, pois eu cheguei a rastejar, se é que você não percebeu. Não tenho mais que esperar pelas palavras que sua boca jamais soltou – "eu te amo". Vou procurá-las, agora, em outras bocas.

Estou livre do seu capricho de ter um coração empoeirado na estante. Perdi o costume de te encontrar toda noite para não ganhar sequer um beijo seco. Apaguei aquela sua chama de frio que me congelava. Quero meu coração de volta porque ele nunca foi seu. Como não posso pedir também a marca que ele vai deixar no pó que cobre sua estante, espero que ela faça você calcular o tamanho do amor que um dia teve nas mãos. Até que o pó cubra novamente essa marca, ela vai ser o único vestígio de meu coração entre suas quinquilharias, como se eu estivesse presente em sua solidão.

# O amor entre as **águas**

Quem entende a mecânica da vida? Enquanto eu estava à espera, nada acontecia além da sucessão monótona de noites escuras. Anos consecutivos em busca da face dos meus sonhos e eu nunca a encontrava. Um dia qualquer, desses em que o horizonte é cinza e até uma chuva fria molha o asfalto preto, aconteceu. Bastou ameaçar ir embora, ele chegou. O meu amor, ao contrário dos "romances com coração" que povoaram a imaginação de minhas irmãs, e ao contrário das narrativas apaixonadas do poeta alemão Johann Wolfgang von Goethe, aconteceu por acaso, displicente, como o sorriso de uma criança diante do colorido. De maneira banal, ele bateu em minha porta. Ou melhor, eu bati na porta dele. Não houve diálogos porque, quando ele chega, é tão total que não há espaço para coisa alguma além de um sorriso e um olhar furtivo. As palavras viriam depois, com toda sua capacidade de nomear o inominável. Na hora do encontro, só sobreviveram os olhos e o sorriso. E a banalidade, eu ia me esquecendo. Sim, porque, como já disse, foi tudo banal. A casa não era um castelo e não havia um deus abençoando o encontro. Apenas nós dois éramos as testemunhas do entrelace. Hoje, eu sou ele e o inverso também é verdadeiro. Até quanto tempo, não sabemos. Só temos a certeza de que, um dia, vamos nos desenlaçar mesmo que essa certeza faça doer a alma. Fazer o quê, se tudo passa? O que há de mais terrível e ao mesmo tempo maravilhoso na vida é que tudo passa. Nós somos dois rios que, por um acidente geográfico, uniu suas águas e agora flui em um mesmo curso. Alguns planaltos e quedas depois, poderemos nos dividir. E pode ser que, a partir dessa divisão, eu passe a ser um pequeno afluente, correndo o risco de secar no leito, porque ele absorveu o volume de minhas águas tornando-se o rio principal. Mas pode acontecer o contrário, e aí eu serei um enorme São Francisco a testemunhar sua morte ao sol do meio-dia. O que eu quero mesmo é que, na hora da divisão, sigamos em paralelo até o azul do mar profundo. E que ele leve em suas águas um pouco das minhas, e que eu carregue também um pouco das suas. O que eu quero é dividir águas claras e escuras. E balançar ao sabor do vento forte. No momento, somos um rio, trazendo a montante a vida, e a jusante, a morte.

# Aquela **canção** de Carnaval

*Para Daniela Mercury.*

Não via a hora de o avião pousar no aeroporto. Do alto, eu olhava a cidade de São Salvador da cor do mar profundo em dia claro. De tanta emoção, meu coração parecia bater ao compasso da percussão do Olodum. Quando desci, peguei um táxi em direção ao hotel. Um amigo de muitos anos me disse que o point era o camarote azul da Caixa, próximo ao Farol da Barra. Quando a noite veio, coloquei uma roupa leve e fui ao local. Não havia trios elétricos, só pessoas transitando, entreolhando-se com olhos de desejo.

O Carnaval é isso, uma festa da carne. Circulei por alguns minutos. Encontrei várias pessoas que me interessaram, mas eu não interessei a nenhuma delas, ao que parece. A verdade é que elas até me olhavam, mas, quando se davam conta de meu interesse, desviavam os olhos com ares de superioridade, embora todos estivéssemos aproveitando o sanatório geral para ver se reduzíamos um pouco a solidão que nos cerca em dias de razão. Depois de descer até a praia, ouvi a voz de Daniela Mercury cantando "Feijão-de-corda" ao longe. Comecei a observar o burburinho que se formou. Aquelas pessoas simples, quotidianamente oprimidas por rotinas de trabalho estafantes, chefes neuróticos e graves problemas familiares, podiam ser felizes naquele momento, cantando a uma só voz aquela canção de Carnaval. Pensei, então, como era positiva a existência de Daniela Mercury e do axé music, apesar da sujeira que mancha a engrenagem. Estava assim, absorto, quando alguém me tocou e me perguntou se estava triste. Respondi que não, só pensativo. A pessoa se aproximou bastante, a ponto de sua boca ter ficado a poucos centímetros da minha. Perguntei-lhe alguma coisa, mas ela não ouviu porque o som do trio de Daniela estava muito alto. "Sábado, dia de feira, tem feijão-de-corda, você me amarrou." Nos beijamos ardentemente, como se quiséssemos nos derramar um no outro. Os foliões passavam por nós mexendo os braços. Alguns esbarravam em nós, mas não saíamos do lugar. Quando o volume do som permitiu que ouvíssemos as pessoas ao redor, paramos e nos olhamos longamente. Sorrimos em seguida, exatamente no mesmo instante em que passou um folião e despejou uma mão de confete sobre nossas cabeças. Uma imagem tão colorida quanto aquela canção de Carnaval.

# A vida **tem** dessas coisas

Por trás das finas cortinas da janela do ambulatório, Ângela via a Baía de Todos-os-Santos. O cais e o silêncio. As águas paradas. Para ela, os domingos eram neutros. Nem um, nem outro. Um crepúsculo de vinte e quatro horas. Ângela odiava os domingos, mas, quando estava de plantão, conseguia suportá-los, pois, volta e meia, as histórias dos pacientes tomavam o lugar daquela angústia.

Estava assim, a pensar, quando uma mulher entrou na sala. Queixava-se de dores no corpo e leve falta de ar. Ângela notou algo familiar no semblante dela. Pediu que ela se sentasse. Antes que Ângela lhe perguntasse o nome, a mulher começou a falar, mostrando os dentes estragados que exalavam um leve mau hálito.

Contou que apanhava do marido cachaceiro. Que o primeiro filho morreu de leptospirose, aos seis anos, e que o segundo ganhou o mundo aos doze, envolvido com gente ruim. Que saiu da casa onde a mãe trabalhava porque a patroa a acusou de roubo, mas que ela era gente direita, não mexia no que era dos outros. Que não se alimentava direito e que, de uns tempos para cá, começou a sentir as dores e a falta de ar. Ângela escutava pacientemente, procurando, nos arquivos da memória, onde escondera aquele rosto.

Falou que, aos dezesseis anos, ficou sozinha no mundo. Nesse momento, começou a derramar lágrimas de dor, mas dor de alma. Ângela entendeu como um desabafo e permaneceu calada. A mulher de cabelos oxigenados contou que uma fulana a levara para a zona, onde acabou achando um filho de Deus que a tirou de lá. O mesmo filho do diabo que, hoje, faz de sua vida um inferno. Contou que sua mãe, Lindalva, queria que ela fosse doutora, como os filhos de seus patrões.

Lindalva. Nesse instante, abriu-se o arquivo. A mulher que estava à sua frente era a filha de dona Lindalva, a empregada que trabalhara na sua casa e que dela foi expulsa, acusada de roubo. Sim, era ela. A garota que a ajudava a vestir as bonecas e a arrumar o quarto. A menina que queria ser atriz quando crescesse. Só falta o nome. “Qual o seu nome?” “Lucia.” Isso mesmo, Lucinha. Os olhos de Ângela transbordaram. Teve vontade de abraçá-la. Mas não o fez.

Recomendou-lhe alguns exames e sugeriu que fosse a uma delegacia de proteção à mulher. Depois, conduziu-a até a porta e ficou observando-a até sumir no corredor, chorando em silêncio. Lucia parecia alguém esquecido pela vida. E, quando ela esquece alguém, só resta a companhia da morte. A vida tem dessas coisas.

# O curso da **felicidade**

O quarto desarrumado, dois preservativos usados jogados pelo chão. O sol que entrava pela janela escancarada fazia com que sua cabeça doesse ainda mais. Sentiu um gosto amargo na boca e ouviu a água do chuveiro caindo. Correu rápido para o banheiro e se deparou com a silhueta masculina por trás do box.

O até então desconhecido abriu a porta – o corpo nu molhado – e disse: “Bom dia. Aliás, boa tarde. Já passa das três”. Em seguida, abriu um sorriso. Ela queria perguntar: “Quem é você?”, mas achou por demais ofensivo. Afinal, se aquele homem estava em sua casa é porque ela mesma o havia levado. Perguntou, então: “Como é mesmo seu nome?”.

O rapaz respondeu, de maneira displicente, que se chamava André e perguntou, em seguida, como ela se chamava. *Acho que ele também estava de porre ontem à noite*, pensou. “Meu irmão está para chegar”, disse para o rapaz, que, naquele momento, enrolava a toalha em volta da cintura. Ela sempre usava essa mentira quando queria se livrar de alguma presa abatida na noite anterior. Só não se considerava sozinha no mundo porque acreditava em Deus (o único que permanece quando todos já foram embora, mesmo que a gente não queira). Os pais estavam mortos havia dez anos e a única irmã, perdida em algum canto do Brasil. Presa era todo homem que, desde que foi abandonada pelo marido, levava para cama após uma noite de caça. Presa estava a este ciclo de autodestruição: escolhia uma roupa que considerasse transada, maquiava-se demoradamente, colocava acessórios, perfumava-se e seguia com seu carro para o Pelourinho ou a Barra ou o Mercado do Peixe ou bares da orla em busca de um homem que aliviasse, até o nascer do sol, o peso da sua solidão.

Em uma noite dessas, na falta de homens disponíveis, chegou a voltar para casa com uma sapatão (*Uma sandalinha*, ela pensou na ocasião, referindo-se aos modos delicados e à beleza da moça), mas não conseguiu se entregar por inteiro. Ela gosta de sentir seus seios ardendo na boca quente de um homem. E que este lhe diga, baixinho e ao pé do ouvido, palavras obscenas. Apenas com os homens ela conhecia a felicidade fugaz que é o orgasmo. Todo orgasmo é uma felicidade fugidia materializada num curso de fluidos sexuais que desemboca no vazio. "Você precisa ir embora", repetiu para ninguém. Tanto tempo gastou em suas divagações que não viu o rapaz sumir no poço do elevador, deixando a casa e a alma vazias. O vazio onde desaparece a felicidade.

# Não **manipule** meu medo

O sol inundava de luz e calor a maioria dos espaços do centro de Salvador. Era meio-dia, e as poucas pessoas que estavam fora de suas casas ou do trabalho esperavam os ônibus à sombra das árvores, de sorte que Pedro caminhou toda a rua Padre Feijó sem encontrar uma só vivalma. Na altura do Hospital das Clínicas, ele se deparou com um homem um pouco sujo e malvestido, empunhando uma seringa. "Passe a grana, senão vai morrer", disse o sujeito.

Pedro sorriu, meio nervoso, e tentou seguir adiante. Mas o cara, agora mais ameaçador, avançou em sua direção, obrigando-o a recuar. "Esta seringa tem aids. Se não me passar a grana, eu furo você", ameaçou. Paralisado por um súbito pânico, em segundos Pedro ressuscitou todos os seus preconceitos em relação àquela doença. Anos atrás, por um longo período, Pedro pensou estar com aids e chegou a manifestar alguns dos sintomas da doença, mas, logo em seguida, descobriu que estava sendo vítima de fantasmas de seus medos.

Ao que parece, poucas são as pessoas que algum dia não foram assaltadas pelo medo de estar com aids. Poucos são aqueles que não passaram noites insones só porque cometeram um mínimo descuido em suas relações sexuais. E toda essa loucura é fruto do discurso reacionário e pouco solidário do Estado e seus tecnocratas, que, em vez de convencer as pessoas a usar preservativos – prevenindo-se do HIV, e não dos semelhantes –, dissemina o medo ao apenas sinalizar supostos grupos e comportamentos de risco, fazendo da aids uma doença mais letal do que é de fato.

Como faria qualquer pessoa que, assombrada com a possibilidade de ser infectada pelo vírus, se encontrasse diante dele, Pedro empalideceu. Disse que não tinha dinheiro, mas que podia dar o relógio e o tênis.

O sujeito aceitou a proposta. Pedro retirou o tênis e o relógio em menos de meio minuto e os entregou ao indivíduo. Com os objetos na mão, o cara começou a rir e a chamar Pedro de otário. "Aids… Como é que o otário acreditou nisso?", disse, dando as costas a Pedro e jogando a seringa no chão. Tomado agora de um ódio sem tamanho e sentindo-se profundamente humilhado, Pedro, num gesto brusco, pegou a seringa no chão e cravou, com toda força, na nuca do sujeito.

# Quem dera ver **você** de novo

Zefinha desembarcou na rodoviária de Salvador em um dia de chuva. Lenço na cabeça, vestido rosa abaixo do joelho e uma mala de papelão na mão. Vinha de um lugarejo próximo a Retirolândia, seco, empoeirado e, durante as noites, iluminado por chamas de candeeiro. Veio à capital à procura do irmão mais velho, Zé Ricardo – que ela acreditava ter virado doutor, já que saíra da roça havia doze anos com esse propósito. O pai, a última pessoa que lhe restava, morreu uma semana antes. Com o pouco dinheiro que recebeu como herança, comprou a passagem para Salvador e partiu em busca do irmão, como sugeriram os vizinhos. Desorientada, caminhava pela avenida Antônio Carlos Magalhães, deslumbrada com os prédios, esbarrando-se em pessoas, às quais perguntava: “O senhor conhece doutor Zé Ricardo?”. Apressados, os transeuntes não lhe davam atenção ou lhe tratavam como louca. Ao final do dia, cansada e com fome, parou em frente a uma lanchonete na Boca do Rio. Comprou uma média de café com leite e um sanduíche de queijo com o dinheiro que ainda guardava. Zefinha perguntou, ao homem com acentuado sotaque ao seu lado, se ele conhecia doutor Zé Ricardo. O rapaz, um despachante chamado Orlando, disse que não, mas se interessou por sua história. Sensibilizado, convidou-a a passar a noite em sua casa, no Bairro da Paz. Noite que se converteu em dias, depois em meses, até que ela acabou ficando definitivamente, pois Zefinha conquistou toda a família do rapaz. Dois meses depois do encontro, casaram-se.

Zefinha, a princípio, trabalhava apenas em casa, lavando pratos e varrendo o chão. Mas os problemas financeiros que preocupavam a família obrigaram a mãe de Orlando a conseguir um emprego de doméstica para ela. Passou, então, a trabalhar na casa de um médico. A primeira pergunta que Zefinha fez ao novo patrão foi se ele conhecia doutor Zé Ricardo. Claro que ele não conhecia, mas prometeu ajudar a moça a encontrá-lo, colocando um anúncio no jornal por conta própria. Passaram-se quatro anos e nenhuma resposta. Mas, em momento algum, ela desistiu da procura. Certo dia, chegando do trabalho, Orlando testemunhou uma chacina em que morreram quatro pessoas de uma mesma família. No dia seguinte, prestou depoimento na delegacia e contou tudo que presenciou, inclusive que os assassinos usavam coletes à prova de bala. O depoimento foi transmitido pela tevê. No mesmo dia, ao chegar à casa dos patrões, Zefinha encontrou uma cigana na frente do prédio, que, de maneira inesperada, disse-lhe que, no dia seguinte, ela encontraria o irmão. Zefinha exultou de felicidade. Na noite daquele mesmo dia, quando Zefinha e Orlando assistiam à novela das oito (a mãe dele e as irmãs estavam na igreja evangélica), a casa foi invadida por cinco encapuzados, que dispararam vários tiros contra eles. Os corpos mergulharam em sangue. O enterro aconteceu dois dias depois, no cemitério da Quinta dos Lázaros. Orlando e Zefinha foram enterrados em covas paralelas. Ao lado da dela, porém, erguia-se outra mais antiga, com uma cruz tosca, na qual estava escrito "José Ricardo Silva", uma data de nascimento e outra de morte.

# Rancor

Depois do acidente, as vidas de Josué e Jó não foram mais as mesmas. Paraplégico, Josué passava os dias entre a cadeira de rodas e a cama. Jó, por sua vez, dividia seu cotidiano entre o trabalho e a casa. Às vezes, ele parava, olhava perdido o vazio e lembrava detalhes da tragédia. Uma noite de São João fria e estrelada. Uma festa no interior do estado, onde moraram seus pais, mortos havia quase uma década. Josué, bêbado, recusou-se a dirigir e passou a chave para o irmão. Cansado, a meio caminho de Salvador, Jó cochilou e perdeu a direção. O carro caiu do viaduto de Simões Filho. Por um milagre, Jó saiu ileso, mas Josué entrou em coma. Quando descobriu que estava paraplégico, Josué teve uma crise de choro e, depois, quis se matar várias vezes. Mas foi devidamente persuadido pelo irmão a continuar vivendo. Jó sentia-se profundamente culpado pela desgraça do irmão e, por ser homossexual em conflito com seu desejo, achava que ela era uma espécie de castigo divino. Resolveu, então, dedicar-se ao irmão como forma de aliviar sua culpa. Josué foi morar com Jó, e a primeira de suas exigências foi pedir ao irmão que não trouxesse o namorado dele para casa, que ele não estava a fim de presenciar aquela pouca-vergonha: ele, que, até então, não havia se manifestado contra. Jó não só proibiu o namorado de ir em sua casa, como terminou o romance. Também se afastou dos amigos. Josué passou a reclamar dos telefonemas e Jó resolveu pedir aos colegas de trabalho que não ligassem. Jó fazia o possível para agradar o irmão, que reclamava de tudo, principalmente da comida. Josué exigiu que a diarista fosse demitida porque não queria estranhos vigiando ele. Jó, então, passou a deixar toda a comida pronta antes de dormir. Na verdade, ele dormia poucas horas, pois Josué o acordava a noite inteira, fosse para beber água, fazer xixi ou coçar a perna. Vez em quando, Josué satisfazia suas necessidades fisiológicas em cima da cama só para ter o prazer de ver o irmão trocando seus lençóis. Quando Jó o limpava, Josué geralmente o humilhava, dizendo que não queria viado pegando em suas partes íntimas. As noites eram longas para Josué, que passou a beber. Como se não bastasse toda a sujeira, Jó começou a limpar também os vômitos. Trabalhava a noite inteira e, quando se sentava para assistir a um programa de tevê, Josué exigia que o aparelho fosse desligado porque o estava incomodando. Os dois enfrentavam silêncios que pareciam eternos. Assim, os anos se passaram. Em uma tarde de outono, Jó caiu do prédio quando tentava limpar a janela do quarto de Josué. Não resistiu aos ferimentos e morreu no Hospital Geral do Estado. Sozinho, Josué passou a beber mais ainda. A casa foi se transformando em uma pocilga. Só comia porque os vizinhos, em solidariedade, colocavam quentinhas na porta. Certa noite, embriagado e jogado no chão, ouviu um barulho de água caindo. Sorriu e pensou o quanto o irmão o fazia feliz.

# O menor **homem** do mundo

Havia pelo menos dois anos, Ana Clara encontrava o anão naquele mesmo ponto na avenida Sete de Setembro, próximo à entrada do Politeama. Os primeiros encontros foram mera coincidência. Ela passando de carro, ele tentando a sorte no jogo do bicho. Mas, depois do dia em que Ana Clara decidiu encará-lo, os encontros deixaram de ser coincidências. O homem, uma pessoa com nanismo, passou a esperá-la naquele ponto, no dia e na hora exatos. E Ana Clara, talvez pela curiosidade diante da diferença, não modificava sua rotina. Mais: fazia questão de olhar para aquele que considerava o menor homem do mundo. Ana Clara pensou várias vezes em conversar com o psicanalista sobre aquele fato, mas desistiu envergonhada. Em contar para o marido, dono de uma rede de videolocadoras, nem chegou a pensar. Guardava em si todas as dúvidas em relação àqueles encontros ligeiros, sempre às dez da manhã das quartas-feiras, quando se dirigia ao Centro Histórico para pesquisa. "São tantos os que olham com assombro para pessoas assim. Por que, então, aquele homem decidiu prestar atenção em mim?", perguntava-se. Sem dúvida, o homem estava habituado com o assombro, o desprezo e o escárnio das pessoas maiores em tamanho. Mas o que o levou a ficar plantado na avenida Sete todas as quartas foi aquele sentimento a que os humanos dão o nome de paixão. Ou será que homens como ele estão proibidos de se apaixonar por outro ser humano que não seja "anão"?

Disposta a colocar um ponto-final naqueles encontros, Ana Clara, certa quarta-feira, mudou a rotina. Passou a manhã em sua casa, na Pituba, e só à tarde dirigiu-se ao Pelourinho. O homem, claro, não se encontrava na banca de jogo do bicho. Ana Clara sentiu uma sensação estranha, mistura de frustração, vazio e arrependimento. Ele havia permanecido no local até as duas da tarde, com os olhos voltados para todo carro que passava. Na noite desse mesmo dia, Ana Clara resolveu passar no escritório do marido, em vez de ir direto para casa. Antes de entrar no escritório, já tendo passado pela secretária, Ana ouviu o esposo falar ao telefone: "Além das garotinhas, eu tenho também umas ótimas com um *anão*... E anão com a ferramenta grande... Claro, garanto que vai ser sucesso... São três fitas, pode passar amanhã". Ao fim da conversa, Ana Clara já entrou na sala aos berros: "Eu não acredito que você está comercializando filmes pornôs assim! Meu Deus, que tipo de homem é você, Mário? Cadê o seu respeito pelo ser humano, seu desgraçado? Você não tem o direito de tratar essas pessoas como se fossem aberrações...". O marido argumentou que estava dando emprego para os "anões", que, em geral, não encontram espaço nessa sociedade que privilegia a boa imagem. "Como ator de filme pornô, ele ganha até tratamento de pop star, veja só", acrescentou, exibindo a capa de um dos filmes em que aparece o protagonista. Ana Clara calou-se atônita. Acabara de reconhecer, no retrato da capa, o anão da avenida Sete.

# As duas **margens** do rio

*À memória de João Guimarães Rosa.*

Sabe qual é a imagem que representa melhor a nossa relação? As cidades de São Félix e Cachoeira. Quer saber por quê? Um acidente separa Cachoeira de São Félix: um rio corta suas geografias, nunca suas almas. O Paraguaçu, o rio ancião, não cansa de fugir nem de espelhar em suas águas turvas e modorrentas imagens gêmeas de duas cidades que não acompanham seus passos. São Félix e Cachoeira parecem paradas no tempo e no espaço. Exatamente como nós, que nascemos com uma ponte no meio, um para o outro, e insistimos em permanecer paralelos, como diante de um espelho d'água.

O casario, as igrejas e as pessoas são cúmplices. Comungam da mesma hóstia e bebem do mesmo vinho.

Eles são as cidades e as cidades são eles. Você sou eu porque sou você. As pessoas e as cidades edificam uma história que segue beira-rio. E, quase sempre, beira-vida. Na festividade das crianças esquálidas, que pedem para ser fotografadas, e na ausência de dentes no sorriso da lavadeira estão vivas a miséria e a riqueza humanas. O que é a nossa história senão um punhado de misérias e uma riqueza humana incalculável? É como responder com alegria à morte, considerá-la boa. A Irmandade da Boa Morte. Somos irmãos também na morte, como Cachoeira e São Félix. Porque viver é morrer em closes cotidianos. E morrer é concluir que se viveu.

Nas paredes dos casebres, fotos de atores se confundem com imagens sacras e entidades do candomblé. Os moradores deixam claro, inconscientemente, que não há fronteiras para as crenças. Nunca impomos limites às nossas fantasias. É como se a ponte que une São Félix a Cachoeira unisse também seus credos e os nossos desejos. Os atores das paredes pertencem a um mundo do qual a velha estação espera notícias, que quase sempre não chegam. Você só chegou em pensamento, nunca em palavras, atos e omissões, por minha culpa, minha tão grande culpa. Com a bênção dos santos se deitam, e com a das entidades se levantam.

Cachoeira e São Félix e nós somos como duas obras do artista plástico Hansen, que, não por acaso, coabitava as duas cidades. Uma mãe abraçando os filhos. Um candomblé no porão de um navio negreiro. Você e eu, São Félix e Cachoeira, somos, respectivamente, xilografia e litografia do tempo. Quando o sol se põe em Cachoeira, depois de ter nascido em São Félix, os tambores se calam nas pragas e o *magnificat* irrompe dos alto-falantes, as duas cidades explicitam-se com maior intensidade. Tornam-se uma mistura rosa de noite e dia, uma bela hora da ave-maria. Você é o dia e eu sou a noite, mas nós somos um quando somos crepúsculo e aurora. O rio segue, nunca chega ao fim. Numa margem, Cachoeira e você. Noutra margem, São Félix e eu. Entre nós, a correnteza escura. E a ponte? Nós nos esquecemos de atravessar.

# Caça e **caçador**

As luzes de vapor de sódio e os prédios cinza da avenida Sete deslizavam sobre o para-brisa do carro. Da janela, Miguel observava cada esquina ou poste. Poucas pessoas transitavam e havia alguns miseráveis nas calçadas. Já era a terceira vez que ele passava pelo local, depois de ter contornado o Edifício Sulacap e subido pela Carlos Gomes, à procura de alguma companhia. Na altura do Palácio da Aclamação, só havia as travestis – aquelas esculturas vivas, que costumam colorir a noite com sua arte radical. Mas, próximo à Praça da Piedade, apareciam, de vez em quando, alguns garotos de programa – meninos da periferia que, não raro, prostituíam-se por um jantar. *Com um pouco de paciência*, pensava Miguel, *consigo um interessante*.

Depois de mais duas voltas, ele encontrou alguém que correspondia aos seus sonhos. Parou o carro e perguntou: “E aí, tá na batalha?”. O garoto – branco e bonito, apesar do visível maltrato – assentiu com a cabeça. Miguel abriu a porta do carro e ele entrou. “Ponha o cinto. Como você se chama?”, perguntou. “Gabriel”, respondeu o garoto. “Nós temos nomes de anjos. Você acredita em anjos?” Gabriel contou que fora assim batizado porque sua mãe sonhara com um anjo de asa quebrada, afogando em um mar de sangue. Miguel olhou, por alguns segundos, as águas escuras da Baía de Todos-os-Santos, vigiadas pelas luzes solitárias das embarcações, e disse: “É um sonho triste”.

Quando chegaram em casa, Miguel pediu a Gabriel que se abaixasse, pois não queria chamar a atenção do porteiro. A garagem estava silenciosa. Subiram pelo elevador de serviço. Ao entrar em casa, a primeira coisa que Gabriel fez foi comer um pedaço de bolo que estava sobre a mesa. “Calma, você vai ter tempo para comer o que você quiser. Antes, vamos ao serviço.” Dirigiram-se para o quarto. Gabriel prestava atenção nos móveis, eletroeletrônicos, quadros... Nunca vira apartamento tão bonito. Miguel ligou o som de cabeceira. A música “Menino Deus”, de Caetano Veloso, encheu o aposento. Em seguida, começou a se despir. Só depois de tirar toda a roupa, foi que ele percebeu que Gabriel empunhava uma faca de lâmina larga. “Quieto. Não grite. Eu não vou te matar, eu só quero a grana, o relógio e os CDs", sussurrou. Miguel, com as mãos para cima, tentava articular algumas palavras enquanto se aproximava da mesa de cabeceira. "Não se meta à besta, desgraçado, senão eu ranco suas tripas fora", ameaçou Gabriel. Miguel abaixou-se para abrir a gaveta, no momento em que Gabriel avançou sobre ele com a faca em posição de ataque. Seis estampidos abafados por um silenciador interromperam, em fração de segundos, a melodia da canção. Semiabertos, os olhos de Gabriel refletiram a face pálida de Miguel, ao passo que seu corpo parecia mergulhar num mar de sangue.

# A tenebrosa sombra do **desejo**

Lico desceu a ladeira íngreme que conduzia à casa de Cabeça. Na invasão do Guigó – espécie de entroncamento entre São Caetano, Capelinha, Gomeia e Fazenda Grande –, todas as ruas são ladeiras e todas as casas parecem cair morro abaixo. Construções sem reboco descendo ao fundo do poço. Os dois rapazes, que pareciam garotos de tão franzinos, se encontraram e entraram na rotina diária de procurar emprego nas lojas da Barroquinha, Baixa dos Sapateiros e avenida Sete – pois, em shopping, eles sabiam, era muito difícil um negro conseguir trabalho – e em prédios luxuosos do Campo Grande, Graça e Vitória.

Caminharam a manhã inteira, com fome, sem sucesso, até que Lico se lembrou de que a mãe havia lhe pedido que procurasse o vereador para quem ela tinha feito campanha. Dirigiram-se, então, para a Câmara de Vereadores. O político, claro, não os recebeu pessoalmente; pediu a Anselmo, seu assessor, que verificasse o que queriam aqueles garotos. Anselmo, uma bicha cujo terno não conseguia esconder a afetação, além de achar os rapazes "umas gracinhas" – como ele costumava dizer –, compadeceu-se de verdade com a situação em que os dois se encontravam. Prometeu empenhar-se em conseguir trabalho para eles e, em seguida, convidou-os para uma festinha em sua casa, no Largo do Tanque. Anselmo costumava reunir amigos também gays e rapazes sexualmente confusos em sua casa para tomar cerveja e ouvir música. Por estar sempre de bem com a vida e ser generoso, era amado por colegas e familiares.

Lico e Cabeça entenderam o que estava por trás do convite de Anselmo, mas resolveram aceitar a proposta porque achavam que a presença na festa era condição para a aquisição do emprego. Quando chegaram à casa do assessor, surpreenderam-se com a quantidade de "viados", como eles costumavam dizer, que havia no local. Mas havia também rapazes como eles. Beberam algumas cervejas e conversaram apenas sobre sexo, pois o assunto não mudava. No início da noite, decidiram ir embora. Anselmo ofereceu-se para levá-los até o ponto de ônibus. No caminho, convidou-os para mais uma cerveja em um boteco próximo. Enquanto bebiam, Anselmo confessou o desejo de transar com ambos. Após várias negativas, concordaram apenas com um boquete. Dirigiram-se para uma casa abandonada, próxima aos trilhos da rede ferroviária.

Sem teto, a casa permitia ver as grossas nuvens que escondiam as estrelas. Ventava bastante, o que permitia aos três permanecer naquele local cheio de lixo e fezes. Lico abaixou a calça e chamou Anselmo com um gesto da mão. O assessor abaixou-se enquanto Cabeça observava a cena, já excitado. Um gemido de gozo abafado. Anselmo cuspiu e prostrou-se diante de Cabeça, cuja calça também já estava no meio do joelho. Angustiado com o que havia feito, sentindo nojo de si e de Anselmo, Lico sugeriu, novamente através de gestos, que Cabeça esmurrasse Anselmo. Este negou-se a fazê-lo, mas Lico insistiu. Cabeça, então, desferiu um soco em Anselmo, que, mesmo atordoado com o ato, tentou reagir. Mas Lico uniu-se a Cabeça e, juntos, começaram a chutar e esmurrar Anselmo cada vez que ele tentava se levantar. Bateram até o assessor desmaiar. Quando já estavam a dezenas de metros da casa, começou a chover forte. Lico virou-se para Cabeça e disse: "E se ele estiver vivo? Vai entregar a gente pros homens. Vamos voltar lá". Cabeça disse não a princípio, mas deixou-se convencer. Voltaram ao local. Anselmo permanecia no chão. Com as pernas de uma cadeira velha que estava na casa abandonada, os dois começaram a golpear o rosto do assessor. Cada vez que o braço de um deles subia e descia violentamente, um jorro de sangue manchava suas camisas já empapadas de água de chuva. Quando o rosto de Anselmo já era um pedaço de carne ensanguentado, Lico e Cabeça afastaram-se lentamente do corpo, olhando um nos olhos do outro.

# O **melhor** do homem

*Procura-se. O professor Mário Sérgio Guimarães deixou sua casa, localizada no Barbalho, na última quarta-feira, 10, e não voltou mais. Trajava uma camisa de mangas compridas listrada, calça jeans e sapatos marrons. A família pede a qualquer pessoa que o tenha visto que entre em contato através dos telefones...*

"Nunca desapareceu tanta gente em Salvador quanto nesses últimos meses", disse Diana para o irmão, fechando o caderno de polícia do jornal. "Vamos aos classificados", acrescentou. O contrato do antigo aluguel expirara havia dois dias e ela, até então, ainda não tinha passado os olhos nas ofertas dos classificados.

"Não acredito! Como é que esse imóvel ainda não foi alugado? Tá muito barato pras vantagens oferecidas", perguntou-se. Diana se referia a uma casa de três quartos, localizada no Rio Vermelho. "Só pode ser porcaria. Vou ligar pra checar." Pegou o telefone e discou. "Alô. Bom dia. É sobre o anúncio da casa no Rio... Sim, tenho interesse... Só às dez horas? Ah, tem visita antes? Tudo bem! O endereço é o que está no jornal? Então tá!", desligou. "Muito simpático o senhor que me atendeu."

Diana arrumou-se e saiu de casa às nove e meia. Pegou um ônibus que a deixou na Chapada. Caminhou por uns dez minutos até chegar à casa do Rio Vermelho. Uma casa linda de muros altos ornamentados por trepadeiras. Diana tocou a campainha. Dois minutos depois, um senhor muito distinto veio atendê-la. "A senhora é a moça do telefonema?", ele perguntou. "Sou." "Vamos entrando." A sala ampla e iluminada pelas múltiplas cores de um vitral encantou Diana. Os quartos, os banheiros, a área de serviço e o pequeno quintal só reafirmavam a primeira impressão que o imóvel causou em Diana.

"É ótimo! Tudo funciona, que maravilha! Olha, já é meu", disse admirada. "Claro", respondeu entre risos o distinto senhor. "Ah, ia me esquecendo. Há também um porão, a senhora quer conhecer?" "Um porão? Que chique! Vamos lá." O cavalheiro abriu uma porta horizontal no piso da cozinha. "É por aqui. Cuidado com os degraus", "Não tem luz?" "O interruptor é lá embaixo." Desceram a escada devagar. "Aqui tem ar-condicionado?

Está tão frio! Cadê a luz?", perguntou Diana. "Ah, claro", murmurou o senhor distinto, acionando o interruptor.

Diana apenas conseguiu ver paredes brancas. Golpeada na nuca com força, perdeu os sentidos logo em seguida. "Ana, traga a maca! Ricardo, prepare a anestesia antes que ela desperte. A julgar pela boa aparência dessa moça, dá para ver que ela não tem aids. Então, vamos aproveitar todos os órgãos. André, pode ligar para acertar os preços", ordenou o distinto senhor vestido de branco.

*Procura-se. A contabilista Diana Drakatos saiu de sua casa, no Largo Dois de Julho, na última sexta-feira...*

# O olho da **escuridão**

O letreiro do Las Vegas quando acende não quer iluminar ninguém. Muito menos ele. Sua escuridão é maior que a de todos os habitantes do Centro. Vaza pelos olhos e mancha o rosto pálido. Caminha ao lado dos condenados ao trabalho, mas se sente só. Passos apressados. Só. Luzes de mercúrio. Só. Milhares de carros. Só. Leandro & Leonardo. Só. Crianças nas calçadas. Só. Solitude. Solidão.

Porta trancada, o frio lá fora. Cortinas cerradas, a tarde lá fora. Nenhum som no quarto e sala, décimo oitavo andar. Nenhum barulho, nem de crianças, nem de esposa, nem de irmãos, nem de empregada. Tampouco de amantes. Depois que os carimbos da repartição pública se calam, ele mergulha na mais profunda solidão e silêncio. A parede da sala, quase obscena de tão nua, traz apenas a recordação escolar do orfanato em que ele foi criado. Sem mãe, sem pai, sem passado, sem origem.

Os vizinhos conhecem apenas sua sombra. Ela, entrando no elevador e sumindo no fosso. Nada mais, nem um "bom-dia". Só no trabalho ele cumprimenta as pessoas, mas a relação não vai além dessas duas saudações. Vinte anos de funcionalismo público, vinte anos dizendo apenas "bom dia" e "boa tarde". Nenhum amigo, nenhum programa, nenhuma partida de futebol.

A luz difusa da televisão não clareia toda a sala. Ao lado da TV, o telefone mudo. Nunca tocou, nem mesmo por acidente ou trote. Cabeça recostada na poltrona e pés sobre a almofada. Fumaça de cigarros. Repentinamente, a campainha toca. "Meu Deus! Quem será?" Os vizinhos só o procuraram nos primeiros meses, mas, por causa de monossílabos tipo "sim", "não", "tá", deixaram-no de lado. "Quem será?" O olho mágico. Um homem fardado. A porta aberta. Um ramalhete de flores amarelas.

"Oitocentos e doze?", pergunta o homem. "Sim", ele responde. "Pro senhor", o homem diz e vai embora. Flores e um cartão. Por que aquilo lhe desconcertava? Flores amarelas e fitas brancas. Por que aquela angústia desmedida? O afeto lhe incomodava, ou qualquer gesto de carinho. O cartão não traz assinatura, mas uma frase: "Na sua geografia, sou um profundo corte, que traz a montante a vida, e a jusante, a morte". Depois disso, a paralisia completa. Sob o brilho opaco de poucas estrelas, os pedestres eram vigiados pela luz de quase todos os olhos do edifício de concreto. Exceto pelo décimo oitavo olho. Agora, um olho cego. O olho da escuridão.

# Bolero de **Satã**

O que uma mulher elegante como ela fazia num lugar daquele? "Estou à procura de uma companhia", respondeu displicente. "Mas logo no inferno, minha senhora?", perguntou um garçom magro, de rosto marcado pelos maus-tratos da vida. "Quem sabe aqui algum demônio não se interesse por mim? Pois lá do céu de onde eu venho ninguém me quer", respondeu e, em seguida, sorriu.

O Inferno? Não, um inferninho. Quente e sujo.

O cheiro de urina misturado ao do suor dos corpos. Travestis magras, excessivamente maquiadas. Homens feios, excessivamente embriagados. Rapazes fortes, excessivamente tatuados. Todos embalados por uma dance music ultrapassada e muito alta. Todos deformados pela luz vermelha que incidia do teto infiltrado.

"Não se preocupe, moça, não vou deixar que ninguém toque em você", disse o mesmo garçom. Todos olhavam para ela. "Não se preocupe, não tenho medo", retrucou. Ela olhava para todos. "Você é casada?" "Sou." "Cadê seu marido?" "Pouco preocupado comigo." "Mesmo assim, isso aqui não é lugar para mulher casada." "Toda mulher casada deveria frequentar isso aqui."

Um homem entra. Olhos e cabelos negros, sobrancelhas longas. Todos olham para ele. Ele só olha para ela. Uma travesti se coloca, insinuante, em sua frente. "Não quero", responde ele, seco. "Então tá!", desdenha a travesti. Ele se dirige para ela. Ela não tira os olhos dele. "Olá!", ele. "Oi", ela. Olhares fixos. "Garçom, ponha essa fita, já está no ponto." Silêncio. Bolero. "Você dança comigo?" A mão forte, tatuada com um código de barras, pega na delicada de unhas bem cuidadas. Dois pra lá, dois pra cá. "Venha comigo!" "Não sei se devo." Dois pra lá, dois pra cá. "Deve." "Devo?" Dois pra lá, dois pra cá. "Sim." "Por quê?" Dois pra lá, dois pra cá. "Porque você me chamou." "Chamei?" Dois pra lá, dois pra cá. Beijo demorado. Dois pra lá, dois pra cá...

Aplausos. Sorrisos encabulados. "Vamos?" "Deixe-me pegar a bolsa." Agradecimentos, gorjetas. "Para onde vamos? O que vamos fazer?" "Vamos nos divertir, conhecer o Inferno." Risos, assobios. Saem de mãos dadas. Ela esquece os cigarros. Alguém corre para devolvê-los, mas o casal já havia sumido na encruzilhada. O bar voltou ao normal sem que ninguém percebesse que o código de barras correspondia ao número 666 e que a música era "Bolero de Satã".

# Entre **mulheres**

— Ah, faz tanto tempo... Você sabe, sou mulher. Homem, quando quer sexo, só precisa tomar um banho e sair. Já as mulheres têm que superar uma série de obstáculos morais e estéticos para levar alguém para a cama, principalmente se esse alguém for homem. E, com a ação da gravidade sobre nosso corpo, as conquistas sexuais vão se tornando mais difíceis. Às vezes, eu penso que para a mulher acima dos trinta só restam dois caminhos: ou ela se dedica a uma luta suicida contra o tempo, fazendo uso de cosméticos, alimentação especial e academia, como forma de permanecer no supermercado da vida, ávido por embalagens e novidades, e assegurar sexo de vez em quando; ou se contenta com o corpo transformado, as lembranças boas do passado e a esperança de sexo futuro. Nessa sociedade machista e consumista, os gays e as mulheres, depois dos trinta, têm que penar para ter e manter alguém ao lado. E esse penar inclui gastos. Mas os gays ainda têm uma vantagem sobre as mulheres: eles, como todos os homens, são mais resistentes à erosão dos dias. Mas me fala de você...

— Eu, meu amor, arranjei um jeito radical de garantir sexo e até um pouco de afeto. Mas não vou falar porque tenho medo de que você reprove...

— Bom, existem coisas que ainda reprovo, mas, com certeza, nada mais me espanta, por isso você pode falar.

— Eu... Eu... Ai, meu Deus, como falar isso? Você sabe, eu sempre fui louca... Bom, eu... Eu virei puta. Pronto, tá dito.

— O quê?!

— Quer dizer... puta, puta não, porque eu não peço nada em troca... digo, dinheiro. Mas puta porque vou pra zona.

— Você ficou louca?! E sua família?

— Minha família está no interior e nem lembra que eu existo. Você sabe há quantos aniversários minha mãe não me liga? E a otária aqui ficava correndo atrás deles. Meus pais só se importam com os filhos que têm dinheiro... Mas, voltando ao assunto, eu uso um aplique no cabelo e carrego na maquiagem. Dou nome e telefone falsos e nunca digo onde moro. Já conheci bofes bem legais, porque, você sabe, como não estou precisando, sou eu quem escolho, meu bem.

— E dá para escolher?

— Na medida do possível. Olha, você pode estar pensando que sou uma devassa, mas a verdade é que, como funcionária pública, eu jamais conseguiria levar para a cama os homens que eu levo. Seja porque preciso manter o emprego, seja porque os bofes não se interessam pelas funcionárias públicas. Você sabe o que acontece com uma operária que dá para todo mundo? Perde o emprego e o respeito. Já uma puta não corre esse risco. A sexualidade é seu pão de cada dia, ninguém estranha. E é facilmente esquecida porque não tem nome, é anônima. Como puta, não corro o risco que correria como funcionária pública caso fizesse o que a puta faz. Cansei, meu bem, de esperar comportada pelo dia de amanhã.

— Bom, quando eu penso em sexo, penso também no afeto que esse homem pode me dar. Porque sexo é bom, mas um pouco de carinho, afeto, também. Ou não?

# A **solidão**, esse castigo

O salão estava quase vazio quando chegamos. Poucas garotas transitavam, exibindo decotes ousados e pernas bem torneadas. O estroboscópio e as luzes coloridas obstruíam a visão completa de corpos e movimentos. Sentados, eu e meus colegas de escritório observávamos cada gesto das meninas que, durante a noite, abandonavam o desconhecido para se venderem naquela boate cujo nome já inspirava libertinagem, devassidão, desregramento...

Aos poucos, outros homens chegaram. E também outras garotas. Eram pequenos e médios empresários, políticos, gerentes de banco, taxistas e funcionários públicos (todos pensando com o baixo-ventre), que abandonavam as esposas santas – decoradas com varizes, estrias e bobs e besuntadas de máscara facial – em busca de sexo com palavrões, saliva e cheiro forte.

Sentamos em uma mesa de onde se podia ver um homem gordo, gravata desatada, apalpando e beijando uma moça com aparentes dezesseis anos de idade. E outra garota, vestida de jeans claro, balançando-se ao som de uma canção que dizia: "Tira esse medo de mim, não faz assim, não vá embora. [...] Tira do meu coração a solidão, esse castigo. Amor, não me enlouqueça. Por favor, não me deixa, fica comigo".

Os colegas, percebendo que eu olhava para a menina e que ela, por sua vez, fitava-me com certo entusiasmo, chamaram o garçom. "Olha, esse rapaz está completando dezenove anos hoje. Como ele ainda é donzelo, decidimos dar uma menina de presente. Por favor, chame aquela morena de jeans encostada ali."

O garçom se retirou.

Eu, que até então desconhecia o propósito dos colegas, fiquei atônito e pedi para ir embora. "Quem disse que eu sou virgem? Quem pediu mulher a vocês?" "Por que você está com medo? Não vá dizer que está com a cueca furada! Gente, ele está com a cueca frouxa." Risos. "Cara, é o presente que todo homem quer: dormir com uma gata dessas", falou um deles, alisando a barriga da menina.

Convidei-a para conversar em outra mesa. Outra moça dançava e tirava a roupa ao som dos assobios dos homens loucos e febris. “Qual o seu nome?”, ela perguntou, quase gritando. “Ah, João. E o seu?”

“Mara.” Pausa longa. “Você está com medo?” “Acho que sim.” “Por quê? É sua primeira vez?” “Não.”

“Então você me acha feia.” “Ao contrário, você é uma gata, nunca vi mais linda”, eu disse. Ela abriu um sorriso que purificou seu rosto maquiado. “Então qual é o problema?” Pausa curta. “Eu sou gay.” “O quê?!”, perguntou, fingindo que não ouviu. “Eu gosto de garotos como eu, não curto meninas. Mas não é nada contra você, garanto. Colocaram-me numa armadilha e eu estou sendo obrigado a lhe dizer isso.” Os olhos dela transbordaram. “Olha, se você quiser, a gente finge que está junto e você fica com a grana desses otários”, sugeri, comovido. “Com você seria diferente, não ia pedir dinheiro...”, disse baixinho, enxugando as lágrimas e levantando. Caminhou em direção ao banheiro e sumiu na confusão dos casais, que dançavam ao som de: “Tira do meu coração, a solidão, esse castigo...”.

# A cor do **sangue**

"Quem não se perguntou: sou um monstro ou isto é ser uma pessoa?"

– Clarice Lispector

Chovia bastante. A enxurrada que escorria pela sarjeta arrastava a imundice das ruas do Centro. Da praça Castro Alves, via-se apenas uma vastidão cinza: céu e mar tragados por uma cor triste como a solidão. Trovões rasgavam o silêncio, e clarões súbitos e breves iluminavam os navios, nas proximidades da ilha. Dentro do Porsche vermelho-sangue, ao som da "Ave-Maria" de Schubert (eram seis da tarde). Ele observava os prédios da rua Chile, quase sem reflexos nos vidros do carro.

Descia com calma para ter tempo de pensar em seus investimentos financeiros. Aplicaria um milhão em determinado negócio, esperaria um retorno de três. Compraria o Audi que o filho pediu e mandaria a filha e a mulher para a Europa. Seria melhor assim, pelo menos não teria que dividir a cama com alguém que já era estranho. Perdera o desejo pela esposa (aliás, perdera o apetite sexual), só pensava nos lucros pretéritos, presentes e futuros. Ela, por sua vez, não reclamava e ocupava seu tempo em compras. Teria jovens amantes aos quais pagava salários?

Ele estava envolto nesses pensamentos quando avistou algo que, saindo da Ladeira de Santa Tereza, movia-se em direção à pista. Imaginou ser um cão. Por isso, não reduziu a velocidade. O animal que se danasse, que saísse da frente de seu carro. Porém, a poucos metros de distância da criatura, percebeu não se tratar de um cachorro, mas de um homem negro com os braços e as pernas mutilados, envolvidos nas extremidades por ataduras podres. Suja e seminua, a criatura se dirigia a um abrigo no outro lado da estrada.

O carro estremeceu como se tivesse passado por uma lombada e um som seco veio em seguida. A alguns metros de distância, ele viu, pelo retrovisor, o sangue vermelho-porsche manchar a rua Carlos Gomes.

Percebeu que o homem se debatia calado, agonizando em meio à enxurrada. Olhou para os lados; não havia ninguém. Deu marcha a ré e passou novamente por cima da criatura. Ouviu um barulho tímido de ossos se quebrando. O homem não mais se mexia. Engatou a primeira e passou por cima do corpo mais uma vez. Silêncio absoluto. Acelerou um pouco e pensou que a chuva tiraria a cor do sangue dos pneus do Porsche.

# À margem do **Retiro**

Agosto. As águas não paravam de cair do céu carregado de nuvens cinza. E o frio recolhia as pessoas em seus aposentos. Voltando para Salvador depois de um plantão médico na cidade de Alagoinhas, Márcio mal conseguia enxergar o que estava a cem metros de seus olhos. A BR-324 estava quase deserta. Seguia lentamente, para evitar acidentes. Na altura de São Gonçalo do Retiro, ele vislumbrou uma silhueta humana a articular os braços diante do carro em movimento. Márcio parou o veículo para não atropelar a pessoa. Um garoto negro, aparentando dezesseis anos de idade, correu e começou a bater na janela. Assustado, Márcio não abriu. Mas também não seguiu adiante. Segundos depois, percebeu, pela leitura dos lábios do garoto, que ele pedia ajuda. Encostou o carro e desceu, embaixo de chuva.

— O que aconteceu?

— Minha mãe, doutor, tá morrendo. Ajuda ela, por favor — implorava o menino, desesperado, apontando para um casebre pendurado na encosta.

— Vamos lá. — Márcio fechou a porta do carro, pegou sua maleta e seguiu o garoto.

Subiram por um caminho íngreme, escorregadio e um pouco escuro. As luzes das casas vizinhas transformavam a invasão em presépio natalino. Quando, enfim, chegaram ao casebre, a porta estava aberta e uma mulher agonizava no chão. Márcio correu para o interior, agachou-se diante da mulher, uma senhora de aproximadamente quarenta anos, acima do peso, e percebeu que ela estava tendo um ataque de epilepsia. Meteu a mão na boca da mulher para desdobrar a língua e segurou seus braços. Permaneceu assim por pelo menos dois minutos. A crise passou. Quando a mulher recuperou os sentidos, Márcio respirou aliviado.

— Quem é o senhor? — perguntou ela, num misto de cansaço e perplexidade.

— Eu sou médico.

— Médico? Quem trouxe o senhor aqui?

Só então Márcio se deu conta de que o garoto não estava em casa.

— Acho que foi seu filho...

— Que filho, moço? Meu único filho morreu faz uma semana... Ele andava metido com gente que não presta e morreu na mão da polícia. — A mulher ergueu-se e pegou um recorte de jornal que estava sobre a mesa — Aqui, ele...

Márcio pegou o jornal e arrepiou-se. O garoto que, na fotografia do jornal, jazia num matagal, crivado de balas, era o mesmo que, minutos antes, o abordou na estrada. Só nesse momento ele se lembrou de que o menino já sabia que ele era médico.

Como é possível?

# A **mãe** do monstro

[1]No princípio vieram a palidez e as leves dores. Naqueles tempos, Maria da Conceição começou a ter também sonhos com seres alados, que lhe pareciam anjos.

[2]Ora, as dores aumentaram e Conceição, de pálida, tornou-se transparente. Nessa ocasião, ela não se alimentava e o seu ventre havia crescido além do normal.

[3]Os pais de Conceição acharam, a princípio, que a filha havia fornicado, desobedecido as leis de Moisés, deitando-se com algum homem antes do matrimônio.

[4]Mas o pastor da igreja, homem probo e em quem se pode confiar, disse que a garota engravidara do Santo Espírito de Deus. "Conceição, bendita és tu entre as mulheres, bendito é o fruto do teu ventre."

[5]Vizinhos da agora santa, duvidando das palavras daquele homem de terno e gravata (que reunia diariamente uma multidão de pobres para semear as divinas palavras), chamaram os doutores para visitá-la.

[6]Antes mesmo de concluírem a consulta, os doutores foram expulsos da casa sob insultos e pragas. "Fariseus hipócritas, como ousais duvidar da palavra do pastor?"

[7]Depois, uma mulher dirigiu-se a um dos doutores e lhe perguntou: "O pastor está certo? Será ela a Mãe de Deus?". Respondeu-lhe o doutor: "Não, minha senhora, ela é a mãe do monstro".

[8]A partir daquele dia, Conceição permaneceu trancada em casa. O pastor disse, aos pais da garota, que recebera a visita de um anjo celeste, anunciando o nascimento do Messias para a próxima semana.

[9]Os dias arrastaram-se. Nesse período, os habitantes do local (um dos mais miseráveis da região, onde crianças brincavam com vermes) converteram-se à religião do pastor, garantindo paz e felicidade após a morte.

[10]Por fim, o grande dia chegou. Conceição, que permanecera amordaçada até então, foi levada ainda assim à igreja. Sua esqualidez apenas realçava o volume de seu ventre.

[11]Já livre das amarras e deitada sobre um altar, Conceição gritava alucinadamente e debatia-se com as forças que lhe restavam. Os gritos eram tão altos que sufocavam os "Glória!" e "Aleluia!" dos fiéis.

12O pastor pediu que todos permanecessem de olhos fechados, pois o nascimento do Messias era por demais luminoso. Os fiéis obedeceram e assim ficaram até que os gritos da garota cessaram.

13Os olhos se abriram e não viram o pastor, só o cadáver da garota sobre o altar, vítima de câncer no ovário. Todos se retiraram lentamente, inclusive os pais de Conceição, deixando apenas o silêncio e o espírito de Deus pairando sobre a sala.

# Tudo **vale** a pena

"Dois namorados olhando o céu/ Chegam à mesma conclusão/ Mesmo que a Terra não passe da próxima guerra/ Terra, mesmo assim, valeu."

– Paulo Leminski

Um dos motivos que me levaram a escrever esta carta foi ter lido aquela que você nem chegou a me enviar, mas cujo rascunho estava entre as coisas que me devolveu quando pusemos um ponto-final (não teria sido de interrogação?) em nosso caso. Quero dar, de alguma forma, uma resposta à solidão que manchava as páginas daquela carta. Ou, talvez, refletir sobre ela a partir da exposição de minha própria solidão e alegria. Mas escrevi esta carta também porque há uma espada atravessada em meu peito, que eu quero lançar sobre você. Desculpe esta forma indireta de dizer as coisas, sou um homem das metáforas, não sei escrever de outra forma. Você pode entender essa espada como tudo aquilo que sempre tive vontade de dizer e nunca disse, e que, aprisionado, transformou-se em lâmina cortante. Retirando-a de meu peito, vou deixar sangrar nossa solidão e nosso rancor até que eles se coagulem. Olha, quando nossos olhos se cruzaram, não imaginei o quanto você seria importante em minha vida. Naquele momento, apenas senti uma enorme e irresistível vontade de estar com você. Seus olhos apertados, aquele perfume e o cigarro no canto dos lábios finos me incendiaram de desejo. Como não havia um meio de me aproximar mais de você (porque, embora não pareça, sou tímido), decidi que nos entregaríamos um ao outro, em sonho, entre as paredes brancas de meu banheiro, antes de uma ducha fria. Mas, passados alguns dias, quando o vi naquela festa charmosa de tão decadente – onde os corpos se encharcam de saliva e álcool, e as almas, de remorso no dia seguinte –, resolvi abrir novamente o porão. Você lembra? Sentei ao seu lado (após pedir permissão para tanto, é claro) e comecei uma leve carícia. Hoje, ciente de que você não sabe dizer “não”, reconheço que forcei a barra, e que você só me acompanhou até meu quarto porque não conseguiu dizer “não, não quero”. Mas, olha, foi justamente lá em meu quarto que descobri algo mais sobre o que sentia em relação a você. Exatamente no momento em que você puxou minha cabeça, até então curvada sobre sua barriga e mamilos, e me beijou demoradamente. Descobri que você reconhecia que vivíamos, naquele instante, uma intimidade úmida, que deveria ser vista como algo bonito e delicado, e não apenas selvagem e anônimo. Entretanto, iluminado pelas luzes da baía que incidiam no quarto, quando já estávamos vestidos, você veio me falar de outro alguém e de sua incapacidade de viver uma relação afetiva. Hoje, eu sei que você estava me descartando de maneira elegante. O ser humano – até para dar sentido à sua existência consciente – vive em busca disso que ele chama de amor e felicidade. E você, hoje eu sei, não encontrou em mim o caminho certo que levasse à felicidade e ao amor. Essa constatação colocou nódulos de infelicidade em minha alma. Vivo os dias como se fossem vésperas de partida para a terra natal, após um longo período de férias. E penso em você como se fosse véspera da chegada nessa terra que me viu nascer. Pois, apesar de tudo, valeu. Dito isso, termino esta carta. Caso queira guardá-la, faça-o bem. Mas o melhor seria destruí-la ao final da leitura. Rasgá-la e espalhá-la ao vento, para que essas palavras de amor ressentido possam plantar, talvez, pés de felicidade no mundo.

# *Pharmakon*

Uma manhã de céu claro e trânsito louco. Repórteres, fotógrafos e câmeras de televisão obstruíam a porta de entrada do Fórum Ruy Barbosa, no Campo da Pólvora. Os jornalistas aguardavam ansiosos o resultado do julgamento. Passados alguns minutos, o salão principal encheu-se de pessoas e sons nervosos. A imprensa abriu os olhos e saltou sobre os advogados com todas as luzes. "Ela foi condenada?", perguntou uma moça de cabelos curtos, vestida num *tailleur*. "O que ela disse no depoimento?", disparou em seguida um senhor de olheiras salientes e terno desbotado. E seguiram-se outras tantas perguntas. O promotor pediu calma a todos. Ajeitou-se, mirou as câmeras de tevê (os flashes dos fotógrafos refletiam-se em seus óculos de armação preta) e disse: "O juiz condenou a ré. Tenho a acrescentar que este caso é um exemplo de como o remédio, a depender da dose, pode se transformar em veneno. Os gregos da Antiguidade, sábios como sempre, usavam o termo *pharmakon* para designar tanto o veneno quanto o remédio. Como eles, então, distinguiam um do outro? Pela dose, é claro". Dois anos antes, um crime brutal chocou a opinião pública de Salvador. Um Ômega prata atropelou um menor de rua, Ângelo, quando este, aproveitando o sinal fechado, aproximava-se do carro. Com o impacto, o menor saltou para a morte, caindo despedaçado e ensanguentado no estacionamento de um supermercado. Pedestres, motoristas e outros limpadores de para-brisa foram testemunhas do crime. Um pipoqueiro da esquina anotou a placa do Ômega, que saiu em disparada no sentido Iguatemi. O carro – a polícia descobriu a partir da informação do pipoqueiro – pertencia a Valentina, proprietária de um requisitado escritório de arquitetura e de uma mansão no Caminho das Árvores. No momento em que atropelou o garoto negro e magro (e que parecia ainda mais franzino atirado no asfalto do estacionamento), Valentina estava em companhia do filho Diogo, também menor de idade.

Em depoimento ao delegado que conduziu o caso, Valentina contou que Diogo reconheceu, no menor que se aproximava para limpar o para-brisa, o mesmo delinquente que, semanas antes, havia liderado o grupo de pivetes que o espancou e roubou seu tênis e mochila

Nike. Possuída de um ódio mortal e de um sentimento de vingança e justiça – "Sim, porque aquele monstro pequeno permanecia nas ruas, esperando a próxima vítima", ela disse –, Valentina acelerou o carro na direção do menino. Revelou que, quando viu o corpo negro, vestido em trapos, subir pelo para-brisa, sentiu uma paz enorme no coração, uma paz de cemitério. E concluiu o depoimento com a seguinte pergunta: "Por acaso as autoridades, os jornalistas e os defensores dos direitos humanos se importaram com meu filho?".

Diogo saiu da escola, no Garcia, às onze e meia da manhã, como de costume. Mas, naquele dia, a mãe não o pegaria de carro. Quando caminhava em direção ao Campo Grande, foi cercado por cinco pivetes, que o derrubaram e lhe aplicaram vários pontapés. Desnorteado, o garoto rolava pela calçada e tentava se levantar, mas era impedido por novos chutes. Quando já estava sem forças, rosto desfigurado e lavado em sangue, um dos pivetes retirou seu tênis e outro pegou a mochila. Saíram correndo. Só então os transeuntes perceberam que não se tratava de uma briga de garotos, mas de um assalto. Diogo ficou dez minutos desmaiado no chão até a chegada de uma ambulância. Uma senhora gorda, que observava a ação dos enfermeiros, perguntou: "Há remédio para este veneno?".

# Morte

— *Passe a bucha, porra!*

O grito de Seu Cunha feriu mortalmente o silêncio que se estabeleceu com o frio da madrugada, antes molestado, de modo esporádico, apenas pelos estalos que o contato das pedras de dominó com o tabuleiro produzia.

Eram três horas de um novo dia. O céu, de um azul muito escuro, estava abarrotado de infinitos pontos luminosos. Triste, sem lua; ou, talvez, não fosse possível vê-la daquele ponto da rua. Da enorme fogueira que fora armada sob o pé de jaca-de-pobre restaram umas poucas brasas e uma fumaça que se desfazia à altura do telhado da varanda. Migalhas de biscoito e pão se espalhavam, decorando o piso de cimento vermelho.

Toda casa transpirava um cheiro acre de aguardente barata, que se misturava ao da parafina das velas que já cobria os castiçais e ao cheiro dos cravos-de-defunto e palmas-de-santa-rita.

O sono das três mulheres recostadas à parede branca e sentadas num desses bancos compridos era embalado por uma voz trêmula e aguda de uma velha coberta por um xale preto, a boca repleta de cacos de dentes, que entoava baixinho o Ofício da Imaculada Conceição:

*Agora, lábios meus,*
*Dizei e anunciai*
*Os grandes louvores*
*Da Virgem Mãe de Deus*
*Sede em meu favor,*
*Virgem soberana,*
*Livrai-me do inimigo*
*Com o vosso valor*

A concentração da velha no seu louvor à Virgem é bruscamente interrompida pelo canto medonho de uma rasga-mortalha que pousou sobre o telhado encardido pelo tempo. Agouro. Prenúncio de morte.

— *Valei-me, Nossa Senhora do Perpétuo Socorro! Quem será o próximo?*

Tony volta-se rapidamente e pode ver que a velha retornou à sua oração, ressuscitando a pasmaceira que antes envolvia o interior da casa. Havia quase uma hora encontrava-se ali, de cócoras, afogado em divagações. Lembranças. Não estava triste, é certo, mas nenhuma alegria lhe assaltava o coração. Era indiferente à sentinela, às rezas, a tudo. Pensava apenas. Tentou chorar a princípio, debalde. Descobriu que lhe faltavam compaixão, saudade, qualquer sentimento dessa natureza em relação ao pai estirado sobre a mesa da sala, dentro de um funesto caixão roxo. Sentia-se seco para o pai. Esforçava-se para recordar momentos bons em sua companhia. Mas quais? Queria se entristecer para não transparecer, às pessoas, seu desdém; inútil. Nunca estimou seu pai. Dele, sua memória só registrou horrores: as noites em que chegava embriagado, olhos em brasas, maldizendo a tudo e a todos; numa dessas, atirou a chaleira com a água do café no rosto de sua mãe, vomitando toda sorte de ofensas. — *Vaca! Tá pensando que eu sou corno, sua puta?!* — somente porque ela lhe perguntou se estivera nas portas das vendas. — *Você só pisa em meu cangote, macho, se eu estiver cego, pois mesmo aleijado, ainda jogo uma pedra* — gritou para Tony, quando ele correu ao socorro da mãe.

Nunca sentiu pena do pai; nem mesmo quando amputara a perna esquerda, por causa de um câncer enorme e purulento que vinha lhe devorando a carne. Mas ele se foi, deixando uma ferida no rosto de sua mãe e uma em sua alma. Morrera.

Tony estava insensível a tudo naquela situação, exceto à morte. Não fazia muito tempo, teve o desprazer de conhecê-la: ela levara Evandro pelos braços, seu único irmão, mais velho. Ainda era capaz de sentir o cheiro dele, ouvir sua voz, seguir seus passos por toda casa. Muitas vezes, como agora, chegava a vê-lo com seu jeans desbotado pelo uso a apertar suas pernas robustas e desenhar suas partes, o peito nu sem um pelo sequer, o cabelo encaracolado e o riso no rosto maculado por uma cicatriz que partia do canto do olho até a maçã. Sentia, então, um frio percorrer sua espinha e um calor emanar dos poros, como quando Evandro o sentava no colo. — *Senta aqui, meu neguinho.* — E se contorcia num balé envolvente, acariciando seu ventre e beijando sua nuca.

Ou quando se conheceram de novo, mais profundamente: uma noite cinza de agosto, fria e molhada; as negras e grossas nuvens que forravam o céu se convertiam em água desde a hora da Ave-Maria. O mundo parecia despedaçar-se no firmamento a cada estampido dos trovões e, quando em vez, um raio de luz intensa serpentava céu abaixo, rasgando a escuridão. As goteiras se multiplicavam no velho telhado, escorrendo pela cumeeira, umedecendo as paredes, encharcando os móveis. — *Evandro, meu filho, vá dormir com Tony que sua cama está ensopada.* Estavam agora juntos, apenas distantes palmo e meio; ouviam, além da chuva torrencial que lavava a rua, o som de suas respirações. Transcorridos alguns segundos, que lhes pareceram eternos, Evandro aconchegou-se a Tony, que permaneceu imóvel, pálpebras semicerradas, o coração a debater-se, louco, no peito, e lhe disse qualquer coisa no ouvido. Evandro sentia no sangue um impulso inexplicável de possuir, e Tony, uma vontade ingênita de se abandonar ao que ele desejasse. Já sem nenhum controle daquilo que lhe consumia o sono e a razão, Evandro fez Tony girar e lhe ofereceu um beijo quente, molhado, silencioso, com a desenvoltura de seus vinte e quatro de experiência, impregnado de um odor azedo, que Tony descobriria, posteriormente, ser de maconha, ao tempo que sua mão áspera lhe afagou o corpo de adolescente; um beijo acridoce. No dia seguinte, Tony viu sua alma obscurecer e sentiu um remorso rotundo acabrunhar seu espírito; cometera um crime hediondo. Rezou um salve-rainha e dois credos, implorou perdão ao Pai Misericordioso. Arrependeu-se. Mas todos os alicerces de purificação se fragmentaram ao singelo toque do irmão, como aconteceria outras vezes até que o corpo de Evandro fosse encontrado sobre a BR-324, afogado em sangue, com um corte profundo na nuca. A morte lhe roubou o irmão. O seu olhar ganhava uma expressão úmida e dolorida agora, e uma profunda melancolia o fazia desabar mudo, nos escombros de suas reminiscências...

Uma barra cor-de-rosa se delineia lentamente atrás dos morros, disformes pela neblina que confundia vivalmas e brutos num quadro sinistro. A sinfonia de anuns e pardais desperta o alvorecer. Operários descem a rua a passos calmos, amarrados, como se estivessem sendo conduzidos ao fuzilamento; um ou outro se vira e fita a capela de lírios-dos-poetas que enfeita a fachada da casa.

Duas crianças negras, nuas e esquálidas, fuçam um montante de lixo que serve de refeitório aos urubus e cães lazarentos. São filhos de Julia, uma negra imunda e desvairada que costumava subir a rua atinando sambas de roda. Antes eram três. Bingudo (porque tinha o pênis proporcional à sua desnutrição), o terceiro e mais velho dos filhos de Julia, tinha epilepsia e deficiência intelectual; espojava-se nos detritos que compunham o lixo, espumando pela boca e contraindo todos os membros. Nos dias de chuva, corria para o Brejo-do-Boi, que ficava logo no início da rua, urrava e gemia como um animal agonizante, aterrorizando a vizinhança. Morreu; comera um pedaço de carne de sertão frita, temperada com veneno para ratos, dado pela mãe num dia de feira. Morreu o indigente, numa rua miserável, egoísta e desumana.

A casa enche-se de vida, novamente, para ver a morte, o morto. Um senhor idoso, vestido de terno marrom, acende velas novas nos castiçais. Uma mulher de pele gretada e mãos trêmulas faz coro à velha, segurando um livro de páginas amareladas carcomidas pelas traças:

*Se as tristezas desta vida*
*quiserem te sufocar,*
*segura nas mãos de Deus*
*e vai...*

Tony adormece sob a capela de lírio-dos-poetas...

# A sombra dos **aflitos**

**A canção:**

A janela aberta exibe um amontoado de prédios. Instalação de concreto e luz. E vapores. E roncos de automóveis. Sob a janela, um aparelho de som, tecnologia Sharp. Ligado. Sobre a tampa do aparelho, a capa aberta de um CD, onde se lê: *Vertigens*. Uma cantora desconhecida, pouco ouvida, ausente da mídia. Mas talentosa. E com voz mansa, de derreter corações gelados. A canção tocada – a sexta, indicada no painel do aparelho – é um blues:

*Estilhaçar garrafas*
*no balcão*

*ou torcer o braço*
*do violão*
*faz vazar meu coração*
*até ficar parado*

*Confessar desejos*
*absurdos*
*ou calar amores*
*ressentidos*
*faz molhar meu rosto*
*até ficar ilhado*

**O livro:**

Além da canção, o invariável som de teclas digitadas. Dedos que se alternam entre o teclado e o cigarro no cinzeiro. O teclado é de um microcomputador, IBM, 486, funcionando sobre um móvel tubular que contém, na sua estrutura, um suporte para luminária. No monitor de vídeo, um texto está sendo construído com sofreguidão.

Há sombras por toda parte. Quero as sombras projetadas pela luz alheia. Escrevo histórias. Não as minhas, mas as de outrem; de homens e seus sonhos despedaçados, seus gritos lancinantes, abafados, seus horrores. Escrevo sobre os momentos em que esses homens se tocam, confundem, repelem, sob o assoalho da felicidade, nos porões das desgraças. Expurgo, com meu verbo acre e incendiário, almas doentes, homens que amargam o limbo da existência. As atitudes desses homens escapam da compreensão e dos muros das minhas palavras. O texto compunha o sexto capítulo de um livro intitulado *Fora da luz*, o segundo, a ser publicado daqui a dois meses, do escritor e professor de Literatura Comparada da Universidade Federal, Eugênio Montenegro, de cinquenta e três anos.

Eugênio tem uma aparência saudável, produto de uma alimentação à base de vegetais, peixe e suco de acerola. E de seis anos de psicanálise. Uma beleza que nem mesmo porres noturnos e consumo diário de maconha abalam. E um charme, cabelos na altura do pescoço e voz rouca.

Toda vez que precisa produzir intelectualmente, ele se isola em sua casa de praia, numa antiga aldeia hippie. Desta vez não, porque tomara partido numa luta e precisa acompanhá-la de perto. Tomara o partido dos moradores de uma invasão na luta contra uma construtora que pretende erguer, no lugar dos barracos e casas, uma marina.

A Invasão da Lama pode ser vista da janela do quarto do apartamento, no sexto andar. Fica entre a praia da baía e uma avenida pouco iluminada.

Eugênio ficara sabendo da ameaça de desapropriação numa sexta-feira, dia que usa para levar donativos e educação gratuita aos moradores. Lama, das fezes expostas, dos dejetos dos hotéis de luxo, restaurantes e hospitais.

Eugênio tomara o partido dos miseráveis e a construtora sabe disso.

O apartamento é um pouco mais sofisticado que a casa da praia. Paredes brancas, ornamentadas apenas com uma reprodução de *A tentação de Santo Antônio*, do pintor espanhol Salvador Dalí. Poucos móveis: um tapete de estampa discreta no centro da sala, a televisão ao alto, acima de uma estante larga ocupada de livros (Balzac, Wilde, Machado de Assis, Gide, Guimarães Rosa, Fonseca, só para citar alguns autores). Ao lado do abajur, sobre uma mesinha, a secretária eletrônica e o telefone.

**O telefonema:**

Concentrado na elaboração do texto, Eugênio só percebeu que o telefone tocara porque a secretária atendeu. Corre para o aparelho, interrompendo a gravação. "Pronto", disse Eugênio. "Quero te ver daqui a uma hora no terreno, atrás do Monumento aos Aflitos. Lá aonde se vai ver o sol morrer. Não falte", disse a voz do outro lado. Masculina. Sedutora e autoritária. "Quem está...", precipitou-se Eugênio. O outro lado: tum-tum--tum. Desligou.

Eugênio não consegue identificar a voz. Ela perturba. Fascina. Apavora. Não consegue se concentrar, escrever. *Quem será?* A qual desconhecido dera seu telefone? Não é hábito seu dar o número do telefone a desconhecidos. *Talvez aquele cara... Naquele sábado...*

O cara, um negro alto e corpulento, usava o mictório do banheiro da Estação Rodoviária quando Eugênio entrou. Era uma daquelas noites de pulsões, solidão e desejos ardentes, em que ele, embriagado, perambulava por banheiros públicos e periferias à procura de companhia masculina, de sexo. Eugênio abaixou-se em frente ao negro. "Posso?" Sem resposta, o homem fez com que a boca servil de Eugênio recebesse seu pênis. E foderam. "Quero grana, velho", disse o negro fechando o zíper da calça. "Não tenho", respondeu Eugênio, num tom de decepção. "Tá pensando que vai chupar meu pau de graça, viadinho sujo?", disse o homem segurando o braço de Eugênio. Após argumentos e promessas de que pagaria o serviço, saíram do banheiro.

Mas Eugênio não sabe se dera o número do telefone da sua casa, o da casa de praia, do departamento ou um número qualquer, só para se livrar. Não tem certeza, estava embriagado e apavorado. *E se não for ele, quem será? Talvez o pessoal da construtora tentando me subornar*, pensa. Ou brincadeira de um amigo. *Mas a voz é desconhecida... E séria.* A dúvida consome sua paz. Sente que precisa ir ao encontro, mas por quê? Não consegue explicar...

**O recado:**

Eugênio abre a gaveta da mesinha e retira de dentro as chaves do carro. Programa a secretária eletrônica para gravar a mensagem:

*Aqui é Eugênio. Aliás, não sou eu porque não estou. Nem para mim mesmo. Fui ao meu encontro, ou melhor, ao encontro das respostas, da verdade, do que saciará minha sede e matará minha fome... Deixe o recado ou ligue depois. Volto hoje, talvez.*

*Por que eu disse "talvez"?*, pensa.

Tinha o costume de deixar mensagens literárias na secretária. Às vezes, desenvolve-as e as transforma em textos. Alguns dos amigos de Eugênio ligam apenas para ouvi-las, de tão inspiradas que são.

Eugênio caminha até a janela do quarto e observa a Invasão da Lama iluminada. Crianças nuas jogam futebol na praia. Um ou outro carro na avenida. A tristeza assalta-lhe o espírito, e lágrimas escapam dos seus olhos. À medida que fecha a janela, sua imagem, junto à do interior do apartamento, vai se refletindo na vidraça. "Boa noite, meus filhos", pronuncia como uma prece.

**O grafite:**

O carro corre por uma avenida quase deserta. Hordas de mendigos e loucos ocupam as calçadas sob marquises. O lixo acompanha a estrada num bordado imundo. Eugênio não percebe o semáforo e cruza o sinal vermelho. Já na base da ladeira que conduz ao Monumento aos Aflitos, ele percebe, no muro de uma escola abandonada, o grafite:

SE NOS LAVAM COM SANGUE E CAUSAMOS TERROR, É QUE SOMOS, NO FUNDO, FEZES DO CRIADOR, EXCREMENTO DE SUAS VÍSCERAS. NOS DISSERAM QUE DEUS ERA O VERBO, MAS NÃO QUE ERA DEFECTIVO.

*Nunca pensei nisso*, pensa alto. *De fato, há pessoas que são o lixo da criação divina. As sobras do material com que foram feitas as esculturas ou esculturas que não se completaram. E o que fazemos com o lixo, com as sobras? Colocamos num depósito, longe das vistas, quando não o queimamos. Isso explica as favelas, invasões e periferias e seus "mutilados, caolhos, aleijados e feios"; explica os grupos de extermínio, as chacinas... Mas também é verdade que, quando produzimos lixo em excesso, já não podemos escondê-lo e ele invade nossos lares. O grafite é violento, mas eu gosto*, continua pensando. O carro sobe a ladeira rumo aos Aflitos...

Um dia.

Outro dia.

**A manchete:**

A luz do sol invade todo o apartamento. Cascas de frutas e restos de comida apodrecem na lixeira da cozinha. A gaveta da mesinha permanece aberta; a janela, fechada. O telefone toca. Ouve-se a mensagem deixada por Eugênio. A pessoa no outro lado: *Eugênio, faz dois dias que ligo e deixo recados. Você não vai aparecer? A reunião de departamento...*

Um jornal é atirado para dentro de casa pela abertura inferior da porta e se junta a umas correspondências e ao jornal do dia anterior.

Na manchete do jornal de hoje pode-se ler:

ASSASSINATO NO MONUMENTO AOS AFLITOS

No final da tarde de ontem, dia 6 do mês corrente, nas proximidades do Monumento aos Aflitos, foi encontrado, por frequentadores do local, o corpo de um homem, de idade e identidade ignoradas, mutilado e carbonizado. O corpo, que não possui órgão genital, apresenta perfurações de bala e um corte profundo no pescoço. A polícia acredita que a vítima, antes de ser queimada, foi submetida a torturas cruéis (cont. página 3).

MORADORES DA INVASÃO DA
LAMA SÃO DESPEJADOS

# Flores **tristes** e baldias

*Para William Marx.*

**Gerânio**

Com apenas nove anos de idade, Inocêncio já lançava ao mundo das crianças um olhar entediado. Sempre que podia, afastava-se dos outros meninos da fazenda e das brincadeiras que considerava chatas, sem nenhuma graça. Os balanços, os macacos riscados no chão, as cantigas de roda e as trepadas em árvores não o seduziam. Preferia ouvir a radiola, ler os livros da mãe (professora e poeta às escondidas) ou desenhar, com lápis coloridos, artes abstratas de seu mundo interior, ao qual lançava olhos curiosos. O pai – um fazendeiro austero que oprimia a esposa – vivia reclamando de suas preferências. "Homem que é homem não vive pintando, veja lá", ele dizia. Mas o que dava mais prazer ao garoto era espiar sorrateiramente o vaqueiro Elias, o mais forte e bonito de todos os empregados da fazenda Paraíso, que fica lá para as bandas de Itaberaba. Permanecia horas debruçado no chão, em um barranco alto, olhando o vaqueiro lavar os cavalos. Esperava pacientemente pelo momento em que seu corpo seria tomado por uma sensação que ele não conseguia definir, mas que sabia ser boa: a hora exata em que Elias se despia e mergulhava nas águas amarelas do tanque. Olhava fascinado o vaqueiro lavar o pau rodeado de pentelhos negros e crespos e tentava deduzir se era mais grosso que o de seu pai. Inocêncio só voltava para casa ao cair da tarde, depois que o empregado se recolhia. E sempre mentia sobre o seu paradeiro. Certo dia, o garoto surpreendeu Elias sem camisa na cocheira. Suor. Arrepio. Sentiu vontade de se esfregar no corpo daquele homem que não lhe dava atenção. Quase gaguejando, pediu ao vaqueiro que o carregasse no colo e o levasse para casa. “Você tá doente das pernas?”, perguntou Elias, surpreso. Inocêncio respondeu que sim. O empregado colocou o garoto sobre o ombro, agarrando-o pela cintura. Enquanto caminhava, sentia que a perna do menino, volta e meia, roçava seu pau. *Será de caso pensado? Não pode.* Mas, mesmo contra a vontade, o pau cresceu sob a calça de brim encardida. Deixaria então o garoto a poucos metros da casa para que ninguém visse seu estado. Mas, a meio caminho, foi surpreendido pelo pai de Inocêncio, que, notando a ereção, quis saber

perceber que Saulo sangrava, foi tomado por um desespero, mas incapaz de reagir. Como os outros, deixou o corpo do colega ali mesmo, junto ao muro dos fundos da escola.

A morte, como o faz cada vez que vem, partiu os dias seguintes em pedaços. Os pais de Saulo foram embora após o enterro. Assim o fizeram as famílias de todos os envolvidos. Paulo, há vinte e cinco invernos, casou-se com Márcia e teve dois filhos. Mas nem a vida em família devolveu-lhe a alegria. Viveu escuro ao lado da família e escureceu mais ainda quando esposa e filhos morreram em um acidente de carro. Anos depois da tragédia, voltou à cidade onde conheceu Saulo. E fez da visita diária ao túmulo do amigo sua última razão de viver. Sobre ele, Paulo colocava flores amarelas, tristes e baldias.

# Tudo velcro

"Não posso decifrar você, porque não sei como você me decifra."

– Roland Barthes

*Escolha sua sala.* Clique. *Sexo.* Clique. *Nome:* Passivo_tenho_lugar. *Escolha uma sala: Eles e eles.* Girou o mouse, mas o cursor permaneceu imóvel na tela do micro. *Deve ser sujeira*, pensou. Soprou a esfera do mouse e voltou a girá-lo. A seta cinza deslizou sobre o fundo cor de abóbora. Clique.

*Passivo_tenho_lugar entra na sala.*

*Passivo_tenho_lugar pergunta a todos:* Alguém de Salvador a fim de sexo real?

Ainda não havia se acostumado a abreviar as palavras, como fazia a maioria dos frequentadores de chat para não desperdiçar o tempo, que é matéria-prima da vida. Rolou a tela para baixo em busca da resposta e ela estava lá.

*Ativo_quero_gozar reservadamente pergunta a Passivo_tenho_lugar:* Qtos anos vc tem? Como vc é? De onde tc?

*Passivo_tenho_lugar reservadamente responde a Ativo_quero_gozar:* Tenho 32 anos. Branco. Cabelos e olhos castanhos. 1,70 de altura. 62 kg. Corpo sarado. Sem pelos. Bunda lisa. Teclo do Itaigara. Moro sozinho. E você?

*Ativo_quero_gozar reservadamente responde a Passivo_tenho_lugar:* Tenho 28 anos. Sou negro. Cabeça raspada. 1,75 de altura. Magro. Pica de 26 cm. Grossa.

Excitou-se. Passou o endereço para o interlocutor e combinaram os detalhes do encontro. Seria em seu apartamento. Sentia-se mais seguro em levar um estranho à sua casa do que ir a um motel com ele. Acreditava que o porteiro e as câmeras do prédio serviam para inibir as más intenções das visitas. Caminhou até a varanda do apartamento, décimo terceiro andar, e olhou a avenida ACM quase escura: um ou outro carro desenhando em seu asfalto um fio de luz. Em um dos extremos da avenida, reluzia o letreiro do imponente templo da Igreja Universal do Reino de Deus. Pensou que não podia ser uma mera coincidência o fato de a seita ter erguido sua sede em frente ao templo do consumo: o Shopping Iguatemi. Depois olhou o céu e contou as pouquíssimas estrelas. *Por que quando se é criança o céu parece ter mais estrelas?*, perguntou-se e se lembrou de quando deitava no chão para contar os então infinitos pontos luminosos. *Crescer talvez seja isso: um apagar de estrelas*, pensou.

O som da campainha o trouxe de volta. *Chegou rápido*, disse para si. Abriu a porta. O rapaz negro permaneceu parado. Entre. Ainda na sala, sem qualquer apresentação formal, abaixou-se, abriu a calça do negro e começou a chupar o pau, que mal cabia em sua boca. Enquanto chupava, percebeu que o negro queria beijá-lo. Não gosto, disse. Ergueu-se e, num gesto brusco, puxou o calção de seda. Raaasg. É de velcro?, perguntou o negro de voz grave e viril. Assim é mais fácil de tirar, respondeu. O negro passou a mão em sua bunda lisa e enfiou o dedo. Ahaaa! Vire. Vou pegar a camisinha. Deixe eu botar um pouquinho sem, juro que não gozo. Não. Mas era um não que significava sim. O negro então o colocou contra a parede e penetrou fundo em seu reto. Aaaaiii! Tá doendo? Dói, mas é bom, mete. Quer os ovos, quer? Mexa, viado, mexa. Vou gozar, vou gozar. Goze, sua puta, com o pau de seu macho no cu. Goze. Ahaaaaaaaa!

O negro acariciava sua nuca e lhe beijava de leve o rosto, mas ele pediu ao homem que tirasse o pau de dentro. Quer gozar?, perguntou. Quero meter de novo, respondeu o negro. Não posso, meu pai está para chegar. Mas você não disse que mora só? Moro, mas ele tá passando uns dias aqui em casa. Ele inclusive está para chegar, disse enquanto colava o velcro do calção. Você não quer me dar seu telefone?, perguntou o negro. Não posso, respondeu. Quer o meu? Estou sem caneta em casa, a gente se fala no chat. O negro deslizou os olhos úmidos sobre a sala repleta de obras de arte e saiu.

Lúcio morava só desde que saiu da Escola Bahiana de Medicina. O pai lhe deu de presente o apartamento do Itaigara. Passou a gostar de medicina ao longo do curso, sobretudo quando começou a se especializar em Psiquiatria, o que lhe permitiu conhecer a Psicanálise. Tratar as doenças de almas alheias o ajudou a curar algumas das próprias. O outro é sempre um espelho, principalmente do que não é matéria. Aos dezessete anos, com a aprovação no vestibular, abandonou o sonho de ser artista plástico. O pai era contra. A mãe também. Queriam um doutor na família. "Dependia deles, tive de ceder", respondia cada vez que lhe perguntavam por que não desobedecera. A desobediência é um embrião de liberdade, mas Lúcio aprendeu que nem toda liberdade traz felicidade ao homem. O sexo anônimo era uma que o fazia se sentir sujo, deixava-o profundamente infeliz, mas da qual não conseguia abrir mão.

Vamos dar uma volta na cidade? Tô precisando caçar um pouco. Tô a fim de comer um cuzinho. Não, não consegui nada na net. Só tinha ativo, nenhuma bicha querendo dar a bunda. Não consegui ficar nem cinco minutos. Ah, a última vez foi uma maravilha. Consegui um negro que mais parecia uma puta. Não era muito bonito, não. Mas chupava e dava que era uma beleza.

O pau? Era enorme e grosso, mas só subia quando eu enfiava. Ele quis me comer, mas você sabe que essa não é a minha. Passar nas Torres Gêmeas? Ah, cara, você sabe que eu detesto a Carlos Gomes. Nunca vi tanta bicha feia e afetada num lugar só. Não, é muito viadinho, travesti e sapatão pro meu gosto. Sem falar no pagode. Detesto pagode e eles só sabem dançar pagode. O quê? Tá bom, tá bom. Eu vou, mas não vou demorar. Só o tempo de você matar sua curiosidade antropológica. Até daqui a pouco.

Chegaram às Torres Gêmeas: o conjunto de bares da rua Carlos Gomes que levava esse nome porque funcionava em lojas de dois prédios cuja disposição lembrava a das torres do World Trade Center, em Nova York, que sucumbiu a um ataque terrorista espetacular. Ambiente pesado, tenho a sensação de que vou levar um tiro a qualquer momento, disse Lúcio. Mas ele mal disfarçava o interesse no ir e vir dos rapazes negros ou quase brancos quase negros de tão pobres, com suas calças apertadas e perfumes baratos. Alguns quase travestis e muitos afeminados. Vamos, então, à Caverna. Vai ter show de transformista lá, convidou o amigo. Lúcio concordou.

Desceram as escadas que levavam à boate. Praticamente ao subterrâneo da Carlos Gomes. As paredes pretas, as fumaças dos cigarros e o calor torna vam o ar denso. Garotos de programa no balcão, velhos solitários nas mesas, rapazes afeminados nas paredes, garotas masculinizadas no chão, todos esperavam pelo momento em que Malba Tahan subiria ao minúsculo palco. E, com vocês, aquela que é simplesmente mulher para o poeta: Malba Tahan!, anunciou o mestre de cerimônias. Todos aplaudiram. Houve assobios. Será que essa bicha sabe que Malba Tahan é o nome de um escritor?, perguntou Lúcio, debochando. Vai ver ela gosta dele, respondeu o amigo, rindo. Duvido. Malba começou a dublar Ney Matogrosso cantando "Metamorfose ambulante", de Raul Seixas. Enquanto movia os lábios bem pintados, livrava-se do cintilante vestido – todo costurado em velcro – e, aos poucos, fazia com que a simulação de mulher desse lugar ao homem. O último acessório a cair foi a peruca.

Lúcio empalideceu. Estava ali no palco o negro a quem, fazia três dias, havia se entregado sem pudores. O ativo que conhecera na internet. *Ele é transformista! Eu dei o cu a um transformista*, pensou. Quer falar alguma coisa a seu público, minha filha?, perguntou o mestre de cerimônias. Só quero dizer que, sem o meu público, eu, Irisvaldo do Nascimento, ator-transformista, não sou ninguém, disse Malba Tahan com voz grave, mas açucarada. Mais aplausos. Não estou me sentindo bem, disse Lúcio ao amigo. Estava se sentindo pequeno, traído pelo desejo. Envergonhado. Ou angustiado? Com ódio de si e do outro, subiu as escadas que levavam à Carlos Gomes. Deslizou os olhos úmidos sobre a rua agora deserta, entrou no carro e saiu.

# Sete **cafés**

*Para ler ao som de "Vaca profana", de Caetano Veloso.*

Café, café, pra mim é, disse Lia, ao passar por um rapaz franzino que seguia em direção ao Santo Antônio Além do Carmo. Em seguida, deu uma gargalhada estridente. Mamão, mamão, pra mim não. Você lembra disso, mona?, perguntou a Paloma, que caminhava ao seu lado. Disso o quê, viado?, devolveu a pergunta. Da brincadeira, bicha. Ah, viado, brincadeira de cu é rola. E seguiram. Os saltos altos em contato com as pedras centenárias produziam um som seco. Toc-toc-toc. Passaram em frente ao convento, cujos claustros foram vendidos a uma rede de hotéis. Bicha, isso aqui agora vai virar uma pousada, afirmou. Viado, até os padres tão indo embora do Pelourinho, admirou-se

Lia, referindo-se à expulsão dos antigos moradores do Centro Histórico, havia pouco mais de dez anos, para que os casarões coloniais fossem reformados. Bêbados, viciados, mendigos, pedintes, putas travestis, senhoras gordas e porcas, crianças magras, todos pretos ou quase pretos de tão pobres, saindo dos casarões úmidos, fedorentos e esverdeados de tanto limo, com lágrimas nos olhos, panos de bunda nas mãos e a merreca que o governo deu nos bolsos, sabe-se lá para onde. Mas a maquiagem não os afastou por muito tempo e, ao fim de cinco anos, eles voltaram a beber, a vender seus corpos e bugigangas, a requebrar, a pedir, a roubar e a traficar nas ruas do Pelourinho, como se fossem aquelas ervas que insistem em florescer entre as pedras do calçamento. Lia e Paloma passaram pela encruzilhada que leva à Barroquinha e ao Taboão. Alguns dos que desciam e subiam a Ladeira do Pelô olharam e fizeram comentários. Eu, abafado, até como uma desgraça dessa, disse um soldado da polícia militar ao colega, referindo-se a elas, ou a eles, enfim, às duas travestis, que exalavam seus perfumes baratos e adocicados pelos becos e ladeiras. Paloma e Lia estavam apressadas. Você chamou Tássia, mona?, perguntou Lia. Eu tive de manhã na casa da bicha, respondeu e bateu palmas em seguida. Acorde, viado, passarinho que não deve nada a ninguém já tá de pé. Por que a senhora tá dormindo? A bicha levantou com a cara de dragão, barba crescendo, abriu a porta e disse que era pra eu ir embora porque ela não queria que eu visse o marido dela. Eu fui logo dizendo: Acorda, bicha, que marido que nada; a July chegou da Itália na sexta-feira e disse que quer encontrar com as amigas. A Tássia enlouqueceu, viado. Quis saber logo onde a gente ia se encontrar. July de Glamour, a bicha que fora se prostituir na Itália havia cinco anos e que, lá, virou travesti e fez muito dinheiro porque tem o pau grande e porque, dizem, italianos gostam de tomar no cu, marcou o encontro com suas seis amigas no Café Roma, um novo e comentado espaço gay que estava funcionado em um casarão da rua Gregório de Matos. July, seus vestidos brilhosos, sua pele branca e sedosa, suas bijuterias, seus perfumes europeus, sua maquiagem bem-feita e seu carro de luxo alugado são admirados pelas travestis mortas de fome que chupam pica até por cinco reais e vivem se esgueirando entre as colunas do viaduto São Raimundo, com suas perucas ensebadas e litros de silicone mal colocados. Quando a última estrela da noite ameaça se despedir, elas voltam sujas, cheirando a merda, porra e suor, para os seus pardieiros, de onde só saem quando o sol já se pôs porque não gostam dos próprios rostos antes do anoitecer; voltam sonhando (porque não há existência humana sem sonho) com o dia em que vão experimentar o delicado da vida, em pistas italianas, vestidas em casacos felpudos, botas de cano longo e aplique capilar em forma de rabo de cavalo. As infelizes ignoram o frio que corta a pele, a violência da polícia, dos fascistas e das próprias travestis, que defendem seus territórios como fazem os traficantes de drogas. Quer que eu corte onde? Se não disser, corto na cara. O rosto de July evita que se olhe para as marcas no corpo; é uma flor que brota do lodo; é aquele algo em nós que insiste em afirmar que a vida é bela quando tudo em volta diz não. Não, vocês não podem entrar aqui, disse o segurança negro de um metro e noventa de altura às cinco travestis que o rodeavam, no momento exato em que Paloma e Lia chegavam à porta do Café Roma. Por que a gente não pode entrar, o bar não é gay?, perguntou July, com sua voz nasalada e melíflua. É, mas gente como vocês não pode entrar. Por quê?, insistiu na pergunta. Não sei, são ordens do proprietário, respondeu o segurança, em tom grave e monótono. A gente só quer sentar, tomar um café, beber alguma coisa e conversar; se o problema for dinheiro, meu bem, dinheiro é o que não falta. July tirou da bolsa um maço de cédulas e o exibiu. Chame o proprietário que eu quero falar com ele, pediu. É, diga a essa bicha que desça agora senão a gente começa a fechar aqui mesmo, ameaçou Sibila, uma travesti magérrima, vestida em um short jeans curto e um tomara que caia verde-cana. Se vocês fizerem bagunça, eu vou chamar é a polícia, respondeu o segurança, irritado. Nesse momento, um rapaz branco e forte, cabelos pretos desalinhados com gel e vestido numa camisa de colarinho largo apareceu na janela do casarão. Venha cá, sua machuda. Por que a gente não pode entrar?, gritou Sibila. O rapaz voltou-se para o interior da casa e pediu ao garçom que aumentasse o volume da música eletrônica que embalava os outros rapazes, todos vestidos e penteados quase que da mesma forma; depois, olhou as travestis do alto. Passiva, dá o cu, machuda, chupa rola, todo viado é igual de calça arriada, cada uma das travestis recitou um dicionário de impropérios contra os gays que interditavam a entrada de travestis no Café Roma porque queriam dissociar homossexualidade de marginalidade, promiscuidade e feminilidade; porque desejavam que a maioria reconhecesse que os gays levam uma vida saudável, são sérios, produtivos, amam e constroem amizades verdadeiras, e que, portanto, merecem respeito. As travestis se retiram, protestando. July e sua corte passaram pelo Terreiro de Jesus, pela Praça da Sé e alcançaram o corredor da Misericórdia. Àquela altura da noite, as ruas já estavam envolvidas em silêncio. Na contramão das travestis, um vendedor de cafezinho, guiando seu caminhão de brinquedo e fornido de garrafas térmicas. July o parou. Um café para sete, por favor, pediu, com voz embargada e olhos úmidos, sentindo-se um lixo. Com leite ou preto, perguntou o rapaz, um pouco intimidado. Com leite e com açúcar, porque de escura e amarga já basta a vida. E gargalhou alto.

# Cinema sem tela

"A vida não é filme, você não entendeu."

– Herbert Vianna

**CENA 1**

*Ônibus lotado. Quer dizer, com todos os assentos ocupados e seis passageiros em pé, distribuídos ao longo do corredor. Horário de rush. Alguns passageiros dormem, outros conversam, mas todos têm expressão de fadiga. O ônibus para. Dois rapazes – mais para meninos – entram. Passam alguns minutos. Ação.*

VAN DAMME (*gritando*)
Fica todo mundo parado! Isto é um assalto!

MAGUILA (*mais calmo que o companheiro*)

É bom ninguém bancar o espertinho, senão eu queimo, tá ouvindo?!

VAN DAMME (*para o cobrador*)

Passa a grana, irmão… (*impaciente*) Anda, desgraça, senão meto uma bala na sua cabeça… Anda!

*O cobrador coloca o dinheiro sobre a caixa. São quatro maços atados por uma borracha fina. Van Damme transfere a quantia para um saco. Maguila, próximo ao motorista, ora aponta a arma para os passageiros ora para a cabeça do motorista. Ele também está impaciente. Após pegar o dinheiro, Van Damme corre para a frente do ônibus, voltando-se para trás duas vezes, sempre com a arma em riste.*

MAGUILA (*para o motorista*)

Para o buzu, meu irmão! Para!

*O ônibus para novamente. Agora num trecho escuro e deserto, de onde se pode ver um morro iluminado. Os rapazes começam a descer – Van Damme primeiro, Maguila depois. Já nos limites da porta, Maguila olha para o interior do ônibus e decide voltar.*

VAN DAMME (*mais impaciente*)

Vai fazer o quê, Maguila?

MAGUILA (*sereno*)

Fica na sua, Van Damme... (*irritado, para o interior do ônibus e já subindo a escadinha*) Branco, você tá olhando demais!

*Há um silêncio absoluto no ônibus. Maguila caminha até um rapaz branco de óculos transparentes, visivelmente assustado e paralisado com o que está acontecendo. Maguila enrijece os músculos, levanta a sobrancelha e sorri cinicamente, apontado a arma para o rapaz.*

MAGUILA (*voz rouca, um pouco baixa, mas imperativa*)

Abre a boca.

*Resignado, o rapaz abre a boca e Maguila introduz o cano do calibre 38. Ouve-se um estampido, o jorro de sangue molha a janela e o passageiro de trás.*

**CENA 2**

*Belina bege parada. Três homens recostados conversam, manipulando armas. Um pouco distante, um casebre, ao lado de outros casebres.*

CONAN

Será que a casa é essa?

MIKE

Rambo disse que é.

RAMBO (*com pouca paciência*)

Claro que é, claro que é… eu já disse, o cara me cantou a pedra, meu irmão. Mas se não for, qual é o problema? É tudo farinha do mesmo saco…

MIKE (*sério*)

Mas é bom que seja, porque depois não quero fuleiragem na hora do pagamento.

CONAN (*para Rambo*)

Mike tá certo. Já me disseram que aquele cara chia na hora de pagar…

RAMBO (*interrompendo Conan*)

Qual é, Conan? Pode ficar frio. Se ele não pagar, a gente pipoca… (*risos*) E vamos parar de conversa e resolver isso de uma vez!

*Os três colocam máscaras pretas que só deixam visíveis os olhos. O calibre 38, a metralhadora e o fuzil AR-15 em riste. Os homens se deslocam para o casebre. Rambo chuta a porta. As pessoas, no interior, acordam atordoadas. Ainda em cima da cama, uma mulher e uma criança de colo são metralhadas por Conan.*

*Maguila, de cueca, cai sobre a mesa, atingido na cabeça por Mike. Ferido e completamente nu, Van*

*Damme se arrasta para o fundo da casa. Rambo o segue, pisando levemente o chão com sua bota. Carrega o fuzil, com um único braço. Van Damme se levanta, apoiando-se na parede. Os dois se olham. Ouve-se o estampido e som dos destroços humanos sobre o chão.*

# Cinema sem tela II: A **missão**

**CENA 1**

*Dois homens se encontram no Passeio Público. Ambos estão agasalhados, mas um veste roupas melhores que as do outro. As grossas nuvens que cobrem o céu mancharam de cinza e esfriaram todas as coisas. Eles se sentam num banco. Ao lado, casais namorando.*

DOUTOR (*preocupado*)

Olha, eu estou achando que este lugar não é muito seguro. Somos o único casal de homens aqui...

RAMBO

Fique frio, doutor. Escolhi um lugar onde as pessoas só estão preocupadas com sexo, não com a vida dos outros. (*Olha para o lado. Pausa pequena. Voltando-se para o doutor.*) Qual o serviço desta vez? Seja lá qual for, o preço aumentou.

DOUTOR (*impaciente*)

Como assim, "aumentou"?! Eu lhe paguei muito caro para matar aquele merda, acima da média que os outros estão cobrando...

RAMBO (*interrompendo o doutor*)

Mas nenhum oferece a segurança que eu ofereço.

DOUTOR

Um a mais então?

RAMBO

Três mil reais... Vamos lá, cante a pedra morta.

*Doutor pega a carteira no bolso do paletó. Preenche uma folha de cheque.*

DOUTOR

Aqui está a metade. O resto, eu lhe dou quando o serviço for concluído. (*Guarda a carteira. Muda o tom da voz.*) Bom, já estou indo. (*Sorrindo.*) Hoje é o dia da Primeira Comunhão de minha filha. A missa será às oito lá no Museu de Santa Tereza, e eu já estou atrasado.

## CENA 2

*Interior de um quarto cujas paredes estão sem reboco. Júlia e Regina conversam sentadas na cama. O espaço abriga ainda uma mesa com três cadeiras, um filtro de cerâmica e uma pequena cômoda, sobre a qual estão espalhados batons, pentes e dois espelhos. Há também um quadro do Sagrado Coração de Maria pendurado ao lado da foto de Leonardo DiCaprio.*

JÚLIA (*como se temesse dar a notícia*)
Regi, acho que tô grávida de novo...

REGINA (*indiferente*)
Se for verdade, você tá ferrada. (*Olhando para Júlia.*) Sua mãe não vai querer criar outro. Ela vai botar você na rua.

JÚLIA
Mas eu não tô pensando em ir morar com o Jair.

REGINA
Júlia, Júlia, o Jair não é brincadeira. Dizem que foi ele que matou aqueles três Parmalats do ônibus, na semana passada. Você já contou?

JÚLIA
Ainda não.

*Neste momento, Rambo se aproxima da casa. Por uma fresta na porta, ele observa o movimento no interior. Sua expressão ganha um leve ar de surpresa.*

RAMBO (*pensando alto*)

Mas são duas meninas… (*Sua expressão logo volta ao normal.*) Mas trabalho é trabalho.

*Rambo arromba a porta. As garotas se encostam apavoradas na parede, olhando o homem mascarado. Só de calcinha, Regina cobre os seios com um braço enquanto o outro segura a mão de Júlia. Ambas começam a chorar.*

RAMBO (*apontando para Júlia*)

Você, vá embora. Eu tenho umas contas a acertar com sua amiga.

REGINA (*também chorando, porém mais calma*)

Vá, Júlia, talvez não seja nada.

*Ela chora mais profundamente, como se não acreditasse nas próprias palavras.*

JÚLIA (*em prantos*)

Não! Se você for matar ela, vai ter que fazer com nós duas.

RAMBO
Então se abracem.

*As meninas se abraçam. Júlia de costas para Rambo. Elas tremem.*

JÚLIA
Oh, meu Deus, tenha pena de nós.

REGINA
Não se preocupe. A gente vai cuidar do seu filho no céu.

*Ouve-se o estampido. Os corpos são atravessados por uma rajada de metralhadora. Mais unidos que a princípio, caem sobre os sangues que se misturam.*

# Cinema sem tela III: O Juízo **Final**

"... e o inferno o seguia; e foi-lhes dado poder para matar a quarta parte da terra."

– Apocalipse, 6:8

**CENA 1**

*Interior da delegacia. Pela janela de vidro da sala do delegado Clint, pode-se ver o movimento no corredor de detetives e secretárias de cabelos volumosos e lenços no pescoço. Ouvem-se vozes de uma multidão, que está do lado de fora. À frente do delegado, está Rambo.*

CLINT (*nervoso*)

Você cagou tudo, cara! Não posso mais livrar tua cara. A imprensa não sai de cima e as passeatas parecem que não vão acabar nunca...

RAMBO

Por que não pode me livrar?! Você sempre conseguiu fazer isso. Eu matava um cara desses por semana e não tinha problema nenhum. Você sempre dava um jeito de arquivar o caso, mesmo quando existia alguma prova... Também não sei por que essa gente está tão ofendida! Todo dia morre gente no Nordeste, na Palestina, nas Malvinas, no Beiru e ninguém se importa...

CLINT

Acontece que o cara que você matou morava na Graça! Quantas vezes eu vou ter que dizer que você matou o filho de um desembargador? Ainda por cima branco?

**CENA 2 (*flashback*)**

*Fim da festa do bloco de Carnaval Pitoque em um hotel. Movimento de saída. Tom entra em seu carro e parte em direção ao Centro. Ele adorava se deitar com travestis. Vinte minutos depois de rodar pela cidade erma, ele pega uma contramão e bate no carro de Rambo. Os dois descem.*

RAMBO (*gritando*)

Você tá doido, cara?! Tá doido, é?!

TOM (*fazendo pouco-caso*)

Quero conversa, não. Aconteceu. Eu não sabia que ia encontrar um babaca dirigindo a essa hora.

*E começa a entrar no carro. Ouve-se o estampido e o som do para-brisa estourando. A cabeça de Tom pende para a frente, lavada de sangue. As janelas de alguns edifícios acendem.*

**CENA 3**

*O coro de protesto aumenta do lado de fora da delegacia.*

RAMBO

Você bem que poderia ter livrado o flagrante...

CLINT

Não dava, eu já disse. Várias pessoas viram você e ligaram imediatamente para todas as unidades. E vou dizer mais: já sabem que foi você que matou Michael na Via Parafuso...

RAMBO (*indignado*)

Mas aquele cara era um maníaco! Comeu o filho do pastor...

**CENA 4 (*flashback*)**

*O pastor conduz Rambo por sua ampla casa. Abre a porta de um quarto. Leonardo está encolhido como um feto sobre a cama. Fecha em seguida.*

PASTOR

Não sai dessa posição desde que o mal aconteceu. Aquela Besta sujou a alma do meu filho. Mas Deus vai se encarregar de limpá-la e você será o instrumento. Já combinamos tudo.

*Neste momento, entra uma senhora de blusa e saia abaixo do joelho pretas. Traz a Bíblia na mão.*

SENHORA (*vociferando*)

Fora, demônio! (*Apontando para Rambo.*) Deus está me dizendo que tu és Satanás! Sai, Demônio!

PASTOR (*segurando a esposa*)

Sossega, mulher!

*Rambo começa a sair.*

SENHORA (*em prantos*)

Ele é o dragão cuja cauda arrastará a terça parte das estrelas do céu… O dragão vermelho de sete cabeças e dez chifres, e com sete diademas…

**CENA 5**

*Clint abre a porta e chama dois policiais.*

RAMBO

Quem avisou a essa gente que eu seria transferido hoje?

CLINT

Não sei, algum funcionário talvez. Vamos fazer isso logo. (*Para os policiais.*) Levem-no.

*Rambo sai algemado em companhia dos policiais armados e de coletes. A multidão grita, enquanto abre caminho. De repente, alguém joga uma pedra na cabeça de Rambo. Um dos policiais se volta para ver quem foi. Rambo leva, então, um soco no rosto. O outro policial tenta reprimir. Logo, o caos começa. A turba grita enquanto massacra o acusado com murros e chutes. Ouvem-se tiros e o chão começa a manchar de vermelho. Ouvem-se sirenes. As pessoas correm. Sobram três corpos e os destroços de Rambo.*

*Parece o Juízo Final.*

# Sobre o **autor**

**Jean Wyllys** é escritor, jornalista e artista visual. Mestre em Letras e Linguística pela Universidade Federal da Bahia (UFBA), estreou há 25 anos na literatura com o livro de contos *Aflitos*, vencedor do Prêmio Copene de Cultura e Arte, agora reeditado como *O anonimato dos afetos escondidos*, incluindo contos inéditos. Também publicou *Tempo bom, tempo ruim*, obra em que mescla memórias da infância com reflexões sobre identidade e afeto.

Jean ganhou projeção nacional ao vencer o *Big Brother Brasil 5* e, posteriormente, destacou-se como deputado federal pelo PSOL-RJ, tornando-se uma das vozes mais relevantes na defesa dos direitos humanos e da comunidade LGBTQIA+ no Congresso Nacional. Sua escrita – ao mesmo tempo política, sensível e literária – ecoa com força nas brechas da experiência urbana e da luta por dignidade.

**Acreditamos**
**nos livros**

Este livro foi composto em Darkmode e impresso pela Lis Gráfica para a Editora Planeta do Brasil em junho de 2025.